Gunnar Schupelius · **Der gerechte Zorn**

DER GERECHTE ZORN

GUNNAR SCHUPELIUS

EINE KRITISCHE LIEBESERKLÄRUNG AN BERLIN

Für Margarethe die Berlinerin 12.4.25

LMV

FSC
www.fsc.org
MIX
Papier | Fördert gute Waldnutzung
FSC® C014889

Thomas-Wimmer-Ring 11
80539 München
info@langenmueller.de

Umschlaggestaltung: Mikorey&So., Maximilian Mikorey, Grafik&Design
Umschlagmotiv: anyaivanova – Freepik.com
Innenlayout: Sibylle Schug, München
Satz: VerlagsService Dietmar Schmitz, Erding
Druck und Binden: Friedrich Pustet GmbH & Co.KG, Regensburg
Printed in Germany
ISBN 978-3-7844-3722-4
www.langenmueller.de

INHALT

Ohne Meinung kein Leben, das war schon immer meine Überzeugung. Ich liebe es, zu diskutieren und mich auszutauschen – am liebsten mit Menschen ganz anderer Ansicht.

WER SICH IN GEFAHR BEGIBT

30. Dezember. Silvester ist gut vorbereitet, immer ein großes Familienfest bei uns. Nach dem Einkauf war ich noch an der Tankstelle: Nun war das Auto gewaschen und innen gereinigt, ein vorgezogener Neujahrsputz. Und ich hatte einen Parkplatz direkt vor der Tür gefunden. Was für ein Glück. Das gibt es selten in unserer Wohngegend, dass man direkt vor der Tür parken kann. Das war der größte Fehler.

Um 2:30 steht unser Jüngster am Bett: »Es hat geknallt«, sagt er. »Silvesterknaller«, sagt meine Frau, »komm, leg dich hin.« Aber er will nicht: »Die sind viel lauter als sonst«, sagt er, »und so viele auf einmal.« Ich erkläre ihm, dass die China-Böller immer größer werden, außerdem seien da mehrere zusammengebunden, deshalb.

Dann sehen wir die Flammen, sie flackern durch die Lücken in der Jalousie. Es brennt vor der Tür, es knallt wirklich wie von Kanonenschlägen. Ich gehe raus. Drei Autos stehen in Flammen, meins in der Mitte. Die Feuerwehr schießt weißen Schaum ins Feuer. »Sie haben ja einen guten Schlaf«, sagt der Streifenpolizist. Er kennt uns, 2014 im Frühling haben wir uns erstmals getroffen, frühmorgens. Vergeblich hatte ich morgens mein Auto gesucht, das war nichts Besonderes. Oft parke ich so in Gedanken versunken oder automatisiert, dass ich am nächsten Morgen erst mal suchen muss. Vielleicht hatte ich ein Halteverbot übersehen? War der Wagen abgeschleppt worden oder etwa doch gestohlen? Ich nahm die U-Bahn, später hatte ich die

Polizei am Telefon. Das Auto war angezündet worden, das Stahlgerippe sichergestellt. Die Nacht war windig, ein Feuersturm ging durch die kleine Seitenstraße, der vollgetankte Wagen brannte gut. Es gab ein Bekennerschreiben auf einer illegalen Seite der Linksextremisten im Internet: »Schupelius, der Rassist, hat seine Quittung bekommen.«

Jetzt also, am 31. Dezember um 2:30 Uhr der zweite Brandanschlag. Wieder ein Bekennerschreiben, wieder auf der illegalen Website, aber dieses Mal konkreter. Jetzt war ich nicht nur Rassist, sondern auch noch transfeindlich. Die Bekenner bezogen sich in ihrem Brief auf meine letzte Kolumne über Latte Igel, den Kinderbuchhelden, der im Film plötzlich zum Mädchen gemacht wurde. Mein Sohn mochte Latte Igel und fand, dass Latte Igel ein Junge bleiben sollte. Das hatte ich geschrieben, Überschrift: »Warum muss Latte Igel ein Mädchen sein?«. Dafür brannte mein Auto. Am 31. morgens kam der Polizeikran und hievte die verkohlten Reste hoch. Das Foto davon stand 30 Minuten später auf der illegalen Seite. So dreist liefen die Täter vor meiner Wohnung herum, während die Kripo die Spuren sicherte: »Wir geben dir ein Jahr Zeit, den Job zu wechseln, sonst wird es ungemütlich.« Dazu gab es im Internet nun meine Adresse, eine genaue Beschreibung, wie man unsere Wohnung erreicht, in welchem Stockwerk wir wohnen, wie viele Kinder wir haben.

Die Polizei reagiert und schickt uns den Objektschutz, der Axel Springer Verlag kümmert sich engagiert und professionell. Man hat Erfahrung mit der Bedrohung, seit 1967, als der linke Terror begann. Sollten wir Silvester im Hotel verbringen? Das wurde uns geraten. Wir blieben zu Hause. Mein kleiner Sohn hat Angst – und ein schlechtes Gewissen. Schließlich hatte er mich zu der Kolumne überredet, nun waren wir bestraft worden. Wie schon 2014 kommt der Staatsschutz und empfiehlt, öffentliche Verkehrsmittel zu meiden und sich in Friedrichshain-Kreuzberg nicht auf der Straße zu zeigen. Die Kinder sollen die Monatskarte nicht um den Hals tragen, damit man den Namen nicht erkennt. So verrückt kann es auf einmal sein.

Eigentlich mochte ich gerade Kreuzberg sehr. Eben da steht das Verlagshaus, in dem ich arbeite: bei der B.Z., der größten Zeitung Berlins und mit 177 Jahren auch der ältesten. Im Mai 2005 fing ich an, eine Kolumne zu schreiben, die dann täglich in der B.Z. erschien. »Bei mir ist es wie bei Martin Luther«, hatte ich den Kollegen großspurig erklärt, »ich kann nur schreiben, wenn ich zornig bin.« Daraus entstand der Titel: »Der gerechte Zorn«. Die Kolumne wurde schnell populär unter den Lesern und laut Marktforschung zur meist gelesenen Seite in der Zeitung. Für die damaligen Verhältnisse war ich laut, wütend und angriffslustig. Ohne Meinung kein Leben, das war schon immer meine Überzeugung. Ich liebe es, zu diskutieren und mich auszutauschen – am liebsten mit Menschen ganz anderer Ansicht. Außerdem mag ich angelsächsischen Journalismus, insbesondere Hubert Kinsman Cudlipp, den Verleger des eher linken Daily Mirror, der zu seinem Chefredakteur sagte: »Veröffentliche, sag Deine Meinung, sag, was Du für rechtens hältst, lass sie schreien, lass sie toben.« Heute, im unübersehbaren, hektischen und teils hysterischen Stimmengewirr der sozialen Medien, wirkt das fast aus der Zeit gefallen: Seine Meinung formulieren, begründen, belegen – und zur Diskussion stellen.

Grund zum Zorn gab es genug. Berlin wächst und entsteht aus der Vielfalt der Meinungen und nicht selten wird etwas gegen die Wand gefahren, Berliner wissen das. Ich griff politische Entscheidungen an, Entwicklungen und Verhältnisse, Absurditäten, Ungerechtigkeiten, am liebsten ideologische Engstirnigkeit. Gegen das demokratische System schrieb ich nie. Im Zweifel war ich immer für die Freiheit, und dazu gehört nicht zuletzt auch die Freiheit vor dem Staat, dann nämlich, wenn er übergriffig wird, ein Erziehungsstaat sein will. Mein Hauptgegner war der damals sehr erfolgreiche Regierende Bürgermeister Klaus Wowereit (SPD). Er ärgerte sich über mich in Grund

und Boden, wenn ich den wunden Punkt traf. »Was Sie nicht wissen ist, dass Sie niemals ein Interview von mir bekommen werden«, rief er mir zu. »Was Sie nicht wissen ist, dass ich gar keins haben will!«, rief ich zurück. Da musste er lachen, er konnte die Dinge sportlich nehmen, ganz im Gegenteil zu seinem Nachfolger Michael Müller (SPD), der nach wenigen Kolumnen beleidigt war und mich nicht mehr grüßte, obwohl wir uns schon 20 Jahre kannten. Müller sagte nach dem Angriff auf ein ZDF-Team in Chemnitz 2018: »In Berlin sollen Journalisten sicher arbeiten können, dafür sorge ich.« Damit meinte er offenbar nicht alle Journalisten.

Dann kam 2015, die Stimmung wurde aufgeheizter. Im Zuge der politischen Radikalisierung wurde ich nun endgültig als »rechts« eingeordnet. Schon die linken Flüchtlingsaktivisten vom Oranienplatz hatten an ihrer Info-Hütte ein Schild angebracht mit zwei Feldern: Auf der einen Seite standen die Namen der Journalisten, die willkommen waren, auf der anderen die Unwillkommenen. Dort stand nur mein Name. Eine der üblichen Kreuzberg-Demonstrationen gegen irgendetwas zog am Verlagshaus Axel Springer vorbei, der Zug hielt an, der Lautsprecher wurde nach rechts oben gedreht: »Hier sitzt Schupelius, das Schwein«, rief die Sprecherin. Tosender Applaus, Gejohle. In einer Diskussionsrunde im taz-Haus einhundert Meter weiter wurde dazu aufgerufen, mich am Arbeitsplatz zu »besuchen«. Und dann brannte zum ersten Mal mein Auto.

So verrückt kann es werden. Ich kannte die linksextreme Szene aus ihren Anfängen, wenn auch nicht aus den ersten Ursprüngen, ich gehörte zur zweiten Generation der 68er. Mit 20 Jahren, 1983, war ich mit voller Begeisterung in der Friedensbewegung und wollte außerdem den Wald retten. Also trat ich den Grünen bei, die damals in Berlin noch »Alternative Liste für Demokratie und Umweltschutz« (AL) hießen, mit Parteihauptsitz in der Badenschen Straße in Berlin-Wilmersdorf.

Und dort begegnete meine Leidenschaft erstmals der Realität – und staunte: In dieser Partei ging es nur am Rande um Umweltschutz oder Frieden und schon gar nicht um die Parlamentarische Demokratie, sondern um Marxismus, Kommunismus, Sozialismus, Maoismus, Leninismus und den gewaltsamen Widerstand gegen den »Atomstaat«, der »gegen Sachen« erlaubt sein sollte, natürlich nicht »gegen Menschen«.

Wenn wenigstens letzteres gestimmt hätte. Dem war aber nicht so. Wie so oft waren die Übergänge fließend: Spitzenkandidat für den Einzug in das Berliner Abgeordnetenhaus war Dieter Kunzelmann, einer der Erfinder des neuen linken Terrorismus der 60er Jahre, der daran beteiligt gewesen war, eine Bombe ins Jüdische Gemeindehaus zu legen, die glücklicherweise nicht zündete. Die Nähe zu den sogenannten »RAF-Sympathisanten« war groß und zu den autonomen Straßenkämpfern der Hausbesetzerszene sowieso. Abgelehnte Asylbewerber wurden wie Helden gefeiert, politisch extrem, aber stets mit freundlichem Lächeln beherrschte Christian Ströbele die Szene, der seinerseits einschlägig verurteilt war, weil er Terroristen Material ins Gefängnis geschmuggelt hatte. Wen störte es? Wir waren eine Gemeinschaft, wenn auch ein bisschen sektenähnlich, Abweichler sah man nicht so gern. Gemeinsamkeit unter diesen Jüngern Rudi Dutschkes schuf der Hass auf das »kapitalistische System« und die Westmächte, und das in der Teil-Stadt West-Berlin, die nur durch die Westmächte ihre Freiheit erhalten hatte. Es war diese Freiheit, die die Gründung der AL ermöglicht hatte, die jetzt gegen das System kämpfte.

Ich war enttäuscht. Ideen, Freiheit und Kreativität in einer jungen, sympathischen Aufbruchbewegung, das hatte ich gesucht, etwas bewegen wollte ich in der Partei, die aus dieser Bewegung hervorgegangen war. Stattdessen traf ich auf Intoleranz, auf eine ideologisch beschränkte Welt voller Regeln und Gesetze, auf Extremismus. Mit Regeln kenne ich mich aus und mit Extremismus auch: Ich komme aus einer Familie, in der es das alles gegeben hatte. Meine Eltern meinten es gut, auch sie wollten die Welt retten. Zu meiner Geburt lief meine Mutter mehrere Kilometer ins Krankenhaus, weil sie Autos grundsätzlich ablehnte. Weihnachtskarten schrieb sie auf der Rückseite von Behördenbriefen, die sie mit Ölkreiden weihnachtlich verzierte – um Papier zu sparen. Mein Vater war Gründungsmitglied der ÖDP. Bei uns gab es kein Plastik, keinen weißen Zucker und erst recht keinen Fernseher. Den Weihnachtsbaum tauschten wir der Umwelt zuliebe gegen hohe Krippenfiguren, statt Weihnachtsgans gab es Körnergerichte – und das lange, bevor irgendein Fridays for Future-Kind auch nur geboren war. Nein, mir musste von Ideologien niemand etwas erzählen. Und jetzt, bei der AL in Wilmersdorf, wenige Straßen von meinem Elternhaus entfernt, war ich wieder da. Es dauerte ein bisschen, bis aus meinem Unbehagen ein Entschluss wurde: Aber als die Mauer fiel und die Grünen sich darüber nicht freuen konnten, als sie in ihrem antideutschen Ressentiment Angst vor der Einheit schürten, da trat ich wieder aus. Später erfuhr ich: Mein Chefredakteur in der Parteizeitung wurde als Stasi-Spitzel enttarnt, ich habe ihn nie wieder gesehen. Die Friedensbewegung war aus Ost-Berlin von Erich Mielke unterwandert, die SED hatte den Klassenkampf in Westdeutschland angeführt, Gott sei Dank vergebens.

Aber dann habe ich sie eben doch gefunden, die Freiheit, die ich suchte. Überraschenderweise fand ich sie bei denen, die von meinen alten Parteifreunden zum Hauptgegner erklärt worden waren: bei den Leuten vom Axel-Springer-Verlag, bei BILD und B.Z. »Kommen Sie rein, Sie grün-roter Vogel, wo sind denn Ihre Genossen?«, riefen mir ein paar ältere Männer fröhlich zu als, ich mich 1992 an der Springer-Journalistenschule bewarb. Sie lachten, einer klopfte mir auf die Schulter. Diese Männer hatten jahrzehntelang Hass und Hetze erlebt und das aus genau der politischen Richtung, aus der ich kam. Sie reichten mir die Hand.

Die B.Z. wurde 1877 vom jüdischen Verleger Leopold Ullstein gegründet, seine Söhne schufen den größten und modernsten Verlag Deutschlands, bevor sie 1933 enteignet und verjagt wurden. Axel Springer führte nach dem Albtraum des Dritten Reiches ihr Werk fort. »Radikal liberal und volkstümlich«, das war Ullsteins Motto für die B.Z. Es hat mich begeistert. Radikal liberal und volkstümlich, das wollte ich sein, das ist Berlin, das sind wir und das bleiben wir, auch wenn unsere Stadt seit 57 Jahren durch politische Extremisten drangsaliert wird und jetzt auch noch von Islamisten. Radikal liberal und volkstümlich, so wollte ich schreiben. In diesem Buch will ich durch die letzten Jahre blättern, in denen ich mit meinen Kolumnen versucht habe, mein verrücktes und geliebtes Berlin durch eine zunehmend verrückte Zeit zu begleiten.

Trotz des sichtbaren Geschichtsbewusstseins, das überall zum Ausdruck kommt, fehlt es uns an gemeinsamen Ritualen des Gedenkens, wie sie in anderen Ländern selbstverständlich sind.

WAS GESCHICHTE UNS LEHRT

Berlin ist die Stadt der Vergangenheit, an jeder Straßenecke ist Geschichte erkennbar. Geschichte hat mich immer fasziniert. Mein Vater hat sein gesamtes langes Leben in Berlin verbracht, er liebte die Stadt. Während er mir vor Schwanenwerder das Segeln beibrachte, erzählte er von den Bewohnern der Insel, von Rudolf Karstadt, Axel Springer, vom Schokoladenfabrikanten Monheim und von NS-Minister Josef Goebbels und Albert Speer. Jedes Jahr feierte er den 12. Mai, an diesem Tag endete die Berlin-Blockade: Die Luftbrücke war zum Grundstein für den Fortbestand der Freiheit West-Berlins geworden. Als meine Eltern 1949 im Rathaus Schmargendorf heirateten, bestand das Hochzeitsessen aus Kartoffeln ohne Butter, mühsam im Kleingarten gepflanzt und geerntet, jeder Gast bekam eine halbe. Mein Vater hat die Geschichte unzählige Male erzählt, heute erzähle ich sie meinen Kindern. Und ich erzähle von der Mauer, von der unfassbaren und grausamen Grenze mitten in der Stadt. Meine Mutter, überzeugte Anthroposophin, nähte Rudolf Steiners Bücher in ihren Mantel und schmuggelte sie nach Ost-Berlin. Ich bewunderte sie dafür, tue es noch heute, auch wenn ich mit Rudolf Steiner nichts anfangen kann. Später wurde ich selbst politisch aktiv, erlebte die Grenzkontrollen mitten in der Stadt, bekam Einreiseverbot in die DDR. Reagan kam. Und dann fiel die Mauer. Wir feierten auf den Überresten der Grenzanlagen, ohne die Bedeutung der Ereignisse vollkommen zu erfassen. Mit meiner ältesten Tochter auf den Schultern sah ich die Abschiedsparaden der Alliierten. Das alles ist jetzt auch schon wieder Geschichte. Und das alles gehört zu uns, hat uns geformt und geprägt. Das alles ist Berlin.

Vor ein paar Jahren besuchten uns Freunde aus England. Die vielen Gedenkstätten, Mahnmale, die Stolpersteine, die Erinnerungstafeln – ihnen war es zu viel. »Wie soll man in Berlin Kind sein, wie Neues schaffen, wenn einem ständig die Vergangenheit unter die Nase gerieben wird?«. Ich verstehe, was sie meinen, aber mir ist es nicht zu viel. Vor meinem Wohnhaus liegt ein Stolperstein, ich finde ihn wichtig. Nicht weit entfernt wurden die Comedian Harmonists gegründet. Daran erinnern Tafeln, und das ist gut so.

Mehr geht nicht, möchte man meinen, aber das stimmt nicht. Denn trotz des sichtbaren Geschichtsbewusstseins, das überall zum Ausdruck kommt, fehlt es uns an gemeinsamen Ritualen des Gedenkens, wie sie in anderen Ländern selbstverständlich sind. Jahrestage großer Ereignisse werden offiziell begangen, routiniert und förmlich, volkstümlich aber nicht. Der 12. Mai, den mein Vater gefeiert hat, begeht jetzt nur noch der Senat, pflichtbewusst und ordentlich. Die Besinnung auf uns, auf das deutsche Volk mit alle seinen Stärken und Schwächen, mit Leistungen, Versagen, Höhenflügen und Niedergängen, Erinnerungen und Hoffnungen, das kommt nur selten vor. Nicht einmal der 17. Juni, der Tag des Freiheitskampfes der Menschen in Ost-Berlin und der DDR im Jahr 1953, ist zum Tag der Herzen geworden. Noch viel weniger wurde es der 3. Oktober, der Tag der Deutschen Einheit, der eine irgendwie ferne und inszenierte Veranstaltung geblieben ist, aus dem niemals ein Volksfest wurde.

»Schaut in die Geschichtsbücher«, sagte Helmut Kohl. Ich habe Geschichte studiert, ich denke, wir brauchen das Wissen um die Vergangenheit, um die Gegenwart zu verstehen. Wir brauchen nicht weniger, sondern mehr Museen und Gedenkstätten, zu viele Kapitel der Vergangenheit dieser Stadt fehlen im Stadtbild und im Bewusstsein. Das hat ideologische Gründe, eine Verblendung von politischer Seite, die nachträglich bewerten und zensieren will, was in der Vergangenheit geschehen ist. Deshalb verschwinden die Namen der Kolonialgeschichte aus dem Straßenbild und sogar die der preußischen Generäle werden in Frage gestellt. Wenn es so weitergeht, werden wir auch noch die Friedrichstraße umbenennen müssen, denn Kurfürst Friedrich III. von Brandenburg war aus heutiger Sicht ein Militarist. Aber Geschichte war nun einmal, sie ist geschehen und sie lässt sich nicht verbiegen. Auch uns wird man im Rückblick vielleicht härter beurteilen, als wir jetzt vermuten. Umso wichtiger ist es, Zusammenhänge und Perspektiven zu beleuchten, den Blick auf Irrungen zuzulassen und Erfolge zu beachten. Unser Geschichtsbild ist einseitig, es ist zerrissen und verzerrt, das kann man in Berlin besonders gut erkennen. Es fehlt die gemeinsame positive Identifikation, und die könnte es geben – ohne dass man das Unheil vergisst, das von deutschem Boden ausging. Vergangenheit schafft Gemeinschaft und erdet – wir sind auch nicht viel besser als die Menschen vor uns, aber wir können aus ihren Fehlern lernen. Und das ist meine Antwort an unsere Freunde aus England: »Gerade Geschichte ist der Boden, auf dem Neues entsteht.« Und genau das wünsche ich mir für Berlin.

17.03.2023, 08:45 UHR

DER 18. MÄRZ ERINNERT AN GUTE ZEITEN DER GESCHICHTE, DAVON GIBT ES MEHR

Es reicht nicht aus, die eigene Geschichte nur entlang von Staatsverbrechen, Ausbeutung, Massenmord und Krieg zu beschreiben. Auch alles andere gehört dazu. Unsere Geschichte ist voller Höhepunkte, die wir nicht vergessen sollten.

In diesem Jahr wird der 18. März in Berlin gefeiert wie noch nie.

Es gibt einen Festakt mit der Regierenden Bürgermeisterin Giffey (SPD) und Bundespräsident Steinmeier (SPD). Das Deutsche Historische Museum und das Humboldt Forum bieten ein Programm an. Mehr als 70 Veranstaltungen sind geplant, um an den 18. März 1848 zu erinnern.

Damals, vor 175 Jahren, gingen Bürger für die Freiheit auf die Straße, für Meinungsfreiheit, Redefreiheit, Versammlungsfreiheit. Sie forderten freie Wahlen, gewählte Parlamente, Könige und Fürsten sollten ihre Macht abgeben.

Der 18. März ist der Geburtstag der deutschen Demokratie, die erst sehr viel später Wirklichkeit wurde. Die Farben Schwarz-Rot-Gold sind die Farben von 1848.

Dennoch geriet dieser Tag lange Zeit in Vergessenheit. Nur eine kleine Bürgerinitiative, angeführt vom Grünen-Politiker Volker Schröder aus Kreuzberg, pflegte seit 1978 die Erinnerung. Sie erreichte es, dass der Platz vor dem Brandenburger Tor in Platz des 18. März umbenannt wurde.

Der 18. März erinnert an eine gute Zeit in der deutschen Geschichte. Dass wir einen Tag feiern, an dem an gute Zeiten in der Vergangenheit erinnert wird, ist ungewöhnlich. Denn wir haben uns daran gewöhnt, nur noch die dunklen Seiten wahrzunehmen, die schlimmsten Tage stehen im Vordergrund. Der Nationalsozialismus prägt unser Bewusstsein und neuerdings die Zeit des Kolonialismus.

Es ist notwendig, immer wieder daran zu erinnern, dass in Berlin der Mord an den europäischen Juden geplant und beschlossen wurde. Es ist notwendig, daran zu erinnern, dass man von hier aus mit dem Zweiten Weltkrieg den größten Vernichtungsfeldzug der Neuzeit führte.

Aber es reicht nicht aus, die eigene Geschichte nur entlang von Staatsverbrechen, Ausbeutung, Massenmord und Krieg zu beschreiben. Auch alles andere gehört dazu. Und es gibt noch viel mehr gute Tage in unserer Geschichte als den 18. März. Sie werden viel zu wenig beachtet.

Da wäre zum Beispiel der 14. August 1919, der Tag, an dem die Weimarer Republik als erste deutsche Demokratie geboren wurde.

Oder der 23. Mai 1949, als das Grundgesetz der Bundesrepublik Deutschland in Kraft trat, das uns bis heute Freiheit und Menschenrechte garantiert.

Der 9. November 1989 ist so ein guter Tag, an dem das SED-Regime zusammenbrach, und der 3. Oktober 1990, als die beiden deutschen Staaten wiedervereint wurden, woran kaum noch einer geglaubt hatte.

Man könnte aber auch noch viele andere Tage feiern, zum Beispiel den Tag, an dem Beethoven die neunte Sinfonie komponierte, als Werner von Siemens das elektromagnetische Prinzip entdeckte und Rudolf Diesel seinen Motor erfand.

Unsere Geschichte ist voller Höhepunkte, die wir nicht vergessen sollten. Wir können sie feiern, so wie jetzt den 18. März.

01.11.2021, 17:39 UHR

VERTRIEBENEN-MUSEUM VERKLEINERT DIE FLUCHT DER DEUTSCHEN 1945

Das neue Dokumentationszentrum am Anhalter Bahnhof verfehlt seinen Zweck, weil die Leidensgeschichte der Flüchtlinge dort nicht ungeschminkt erzählt wird.

Am Anhalter Bahnhof zeigt ein neues Museum die Vertreibung von 14 Millionen Deutschen aus den Ostgebieten im Jahr 1945. Es trägt den sperrigen Titel »Dokumentationszentrum Flucht, Vertreibung, Versöhnung« und wurde am 21. Juni eröffnet.

Mit dem Museum wird eine Lücke in der öffentlichen Erinnerung gefüllt. Viele Menschen, die selbst oder deren Vorfahren Vertriebene sind, hatten sich ein solches Haus gewünscht.

Jahrzehntelang wurde über das Konzept diskutiert, 15 Jahre geplant. Streitpunkt war die Frage, ob mit der Schilderung der Vertreibung der Deutschen die Verbrechen des Nationalsozialismus relativiert werden würden.

Von dieser Furcht ist das Museum geprägt. Im ersten Obergeschoss geht es um Flucht und Vertreibung in der europäischen Geschichte insgesamt.

Erst in der zweiten Etage richtet sich das Augenmerk auf die Deutschen. Dort wird das NS-Regime erklärt und der Vernichtungskrieg der Wehrmacht im Osten, der der Vertreibung vorausging. Diese Einordnung ist richtig, doch kommt der Terror zu kurz, der 1945 über die Deutschen hereinbrach.

Die Menschen schleppten sich zu Fuß oder in Pferdewagen dahin. Hunderttausende wurden massakriert und ermordet. Die Frauen wurden vergewaltigt, Kinder verhungerten, erfroren und ertranken.

Von diesem absoluten Inferno ist vergleichsweise wenig zu sehen. Es fehlen die drastischen Schilderungen, die hier hingehören.

Vor diesem Hintergrund wirkt ein kommentierender Text irritierend, der sich so liest: »Es sind nur wenige Bilder und Geschichten, die das öffentliche Erinnern an Flucht und Vertreibung in Deutschland bis heute bestimmen (…) Ein zentrales Motiv ist der Fluchttreck. Weit mehr Vertriebene sind jedoch von Zugtransporten betroffen gewesen.«

Stimmt das? Wir fragten beim Museum an: Wie viele Vertriebene machten sich mit Fluchttrecks auf den Weg, wie viele flohen mit der Bahn? Antwort: »Dazu ist dem Dokumentationszentrum keine Zahl bekannt.«

Es gibt nur eine Schätzung: »Von den mindestens 12,5 Millionen Deutschen, die vertrieben wurden, sind schätzungsweise mindestens 5,5 Millionen mit der Bahn transportiert worden.«

Also ist die Behauptung in dem zitierten Kommentar nicht richtig, wonach »weit mehr Vertriebene« mit der Bahn unterwegs waren als mit Trecks. Warum wird sie dennoch erhoben?

Das Dokumentationszentrum hat sich verrannt. Am Ende wird die Fluchterfahrung vieler Menschen relativiert. Ihre Leidensgeschichte aber muss man ungeschminkt erzählen können. Dafür ist dieses Museum eigentlich da.

11.07.2018, 19:31 UHR

HAT MÜLLERS SENATSKANZLEI IM FALLE DER ROSINENBOMBER GELOGEN?

Insgesamt 40 historische Rosinenbomber sollen in Tempelhof landen, um das Ende der Berlin-Blockade vor 70 Jahren zu feiern. Der Regierende Bürgermeister Müller lehnte ab und erklärte, die Landung sei aus rechtlichen Gründen nicht möglich. Doch jetzt gibt es Zweifel an dieser Behauptung.

Im Frühjahr 2019 jährt sich das Ende der Berlin-Blockade zum 70. Mal. Zur Jubiläumsfeier sollen dann 40 noch flugtaugliche Rosinenbomber in Berlin landen.

Die Initiative »Berlin Airlift«, die den Flug der Rosinenbomber vorbereitet, wollte die Maschinen am historischen Ort auf dem Tempelhofer Feld landen lassen.

Der Senat lehnte das ab. Die Landung könne aus rechtlichen Gründen nicht genehmigt werden, hieß es aus der Kanzlei des Regierenden Bürgermeisters. Doch die Verkehrsverwaltung widerspricht jetzt dieser Behauptung.

Im März hatte der Fraktionschef der FDP im Abgeordnetenhaus, Sebastian Czaja, angefragt, warum Tempelhof als »Zielflughafen« für die Rosinenbomber nicht in Frage komme. Antwort: »Die Rosinenbomber dürfen nicht in Berlin landen, da die beiden Originalschauplätze Tempelhof und Gatow stillgelegt sind.« Diese Antwort wurde von der Senatskanzlei des Regierenden Bürgermeisters Michael Müller (SPD) herausgegeben und war von dem damaligen Kanzleichef Björn Böhning (SPD) unterzeichnet.

Der AfD-Abgeordnete Frank-Christian Hansel wollte wissen, ob denn Herr Böhning die Wahrheit gesagt habe. Im Juni fragte er die zuständige Verkehrssenatorin Regine Günther.

Und siehe da: Sie gab eine ganz andere Antwort. Über ihren Staatssekretär Jens-Holger Kirchner ließ sie mitteilen, dass »Starts und Landungen von Luftfahrzeugen« auf dem ehemaligen Flughafen Tempelhof zwar »in der Regel ausscheiden«. Aber nach der Rechtslage sei es »in besonderen Ausnahmefällen möglich, dennoch dort Außenstarts und -landungen durchzuführen.«

Verärgert fordert der Abgeordnete Hansel nun, die Angelegenheit müsse »ein Nachspiel« haben, denn die Senatskanzlei habe »gegenüber dem Parlament die Unwahrheit behauptet«.

Eine Stellungnahme der Senatskanzlei liegt uns dazu noch nicht vor. Björn Böhning, der offenbar eine falsche Auskunft gegeben hatte, ist in ein Bundesministerium gewechselt. Ihm folgte Christian Gaebler (SPD) nach. Er muss jetzt klären, ob sein Vorgänger einem Irrtum aufsaß oder absichtlich eine falsche Information verbreitete.

Eigentlich müsste der Regierende Bürgermeister die Angelegenheit zu seiner Chefsache machen. Denn die Luftbrücke von 1948/49 entschied das Schicksal dieser Stadt. Die Rote Armee hatte den Westteil Berlins belagert. Amerikaner und Briten versorgten die hungernden Menschen aus der Luft. Die Sowjets gaben auf. Es war ein Sieg der Freiheit über die Diktatur.

Zum 70. Jubiläum dieses Sieges plant der rot-rot-grüne Senat keine große Feier. Das ist seltsam genug. Noch seltsamer ist es, dass Müllers Senatskanzlei einer Initiative eine Absage erteilt, die das Datum mit dem Anflug auf Tempelhof würdigen will. Und vollkommen unverständlich scheint es zu sein, dass diese Absage offenbar mit einer falschen Behauptung begründet wurde.

Was sollen wir davon halten? Dass man an die Luftbrücke gar nicht mehr erinnern will?

15.06.2023, 18:03 UHR

DER 17. JUNI 1953 IST LÄNGST KEIN TAG DER HERZEN MEHR, DAS HAT EINEN GRUND

Die Erinnerung an den Volksaufstand wurde nicht nur in der DDR unterdrückt, sondern auch von der westdeutschen Linken vernachlässigt, die immer stärker an Einfluss gewann. Der Kampf um Freiheit vom 17. Juni 1953 wird bis heute nicht angemessen gewürdigt.

Am Sonnabend vor 70 Jahren kam das DDR-Regime ins Wanken. Wütende Bürger setzten die Machthaber der SED ab und verlangten freie Wahlen. Mit dem Einsatz sowjetischer Panzer wurde die Revolution niedergeschlagen, die Diktatur blieb bis 1989 bestehen.

Der Jahrestag des Aufstandes wird von offizieller Seite pflichtbewusst begangen. In einer Feierstunde des Abgeordnetenhauses spricht am Freitag der frühere Bundespräsident Joachim Gauck.

In einer Erklärung der Regierungsparteien im Bundestag (SPD, Grüne, FDP) heißt es, der 17. Juni stehe wie kein anderes Datum »für den jahrzehntelangen mutigen Kampf vieler Menschen in der DDR für Freiheit, Demokratie«.

Als ein solcher Tag wird der 17. Juni von der Mehrheit der Deutschen aber gar nicht empfunden. Er verschwand aus dem öffentlichen Bewusstsein. Das begann schon vor 53 Jahren und das kam so:

Im Frühjahr 1970 eröffnete Bundeskanzler Willy Brandt (SPD) seine Entspannungspolitik mit einem Besuch in Erfurt. Er wurde von Willy Stoph empfangen, der 1953 als DDR-Innenminister massenweise politische Gegner verhaften ließ und darüber Karriere machte.

Also störte der 17. Juni bei der Annäherung zwischen Bundesregierung und SED. Darauf machte der Historiker und DDR-Experte Hubertus Knabe im Deutschlandfunk aufmerksam. Die linke 68er-Bewegung lehnte die Erinnerung an 1953 sogar als »friedensfeindlich« und »revanchistisch« ab und setzte sich mit dieser Deutung von Jahr zu Jahr stärker durch.

Im Westen blieb der 17. Juni dennoch ein Feiertag, wurde aber ausgerechnet 1990 abgeschafft, im Tausch gegen den 3. Oktober. Das wirkte wie die Ironie der Geschichte, denn die Wiedervereinigung in Freiheit war ja das Vermächtnis des Volksaufstandes von 1953.

Der 17. Juni ist nie ein Tag der Herzen geworden. Die Erinnerung an die Verbrechen des SED-Staates ist bis heute nicht populär. Der Bundestag forderte im Oktober 2015 den Bau eines Mahnmals »Für die Opfer kommunistischer Gewaltherrschaft«. Künstlerische Entwürfe gibt es dafür, aber es wurde nie gebaut. In unseren Nachbarländern gibt es solche Gedenkstätten, in Albanien, Bulgarien, Rumänien, Ungarn, in der Tschechischen Republik.

Warum nicht bei uns? Vergessen wir, was geschah? Daran erinnert in diesen Tagen mit passenden Worten der Vizepräsident des thüringischen Landtags, Dirk Bergner (FDP): »Der SED-Staat ging gnadenlos mit politisch Andersdenkenden um. 250 000 Menschen wurden inhaftiert (…) Tausende wurden zwangsweise umgesiedelt. Es gab mehr als 1000 Tote an der Grenze.«

Nicht lange ist es her, dass die Menschenrechte im Osten Deutschlands mit Füßen getreten wurden. Erinnern wir uns daran, damit es nie wieder geschieht.

01.10.2023, 18:29 UHR

DER 3. OKTOBER IST KEIN TAG DER HERZEN

Dem Tag der Deutschen Einheit fehlt der Glanz. Dabei gäbe es viel zu feiern, worauf wir seit 1945 und 1990 stolz sein könnten.

Der Tag der Deutschen Einheit verschafft uns in diesem Jahr ein langes Wochenende. Deshalb wird der Brückentag (2. Oktober) mehr gefeiert als der 3. Oktober selbst. Wer es sich leisten kann, ist in den Kurzurlaub gefahren.

Der 3. Oktober ist das, was andere Länder »Nationalfeiertag« nennen, doch allein dieser Begriff geht uns schwer über die Lippen. Während die Amerikaner am 4. Juli, die Franzosen am 14. Juli und die Polen am 11. November voller Stolz auf ihr Land und seine Geschichte blicken (um nur einige Beispiele zu nennen) und die Nationalfahnen schwenken, tun wir es nicht.

Bei uns gibt es ein kleines Bürgerfest, reihum in den Bundesländern veranstaltet, in diesem Jahr ist Hamburg der Gastgeber. Aber es kommen keine Gefühle auf, der 3. Oktober ist kein Tag der Herzen. Dabei gäbe es auch für uns allen Grund zum Feiern: 33 Jahre Demokratie, Recht und Freiheit in Deutschland, im Westen sogar schon 78 (!) Jahre.

Trotz aller Probleme und Einschränkungen leben wir im besten Deutschland, das es jemals gab, das kann niemand bestreiten. 1945 wurde die erste Diktatur überwunden, 1989 die zweite. Dafür stehen die Farben Schwarz-Rot-Gold. Sie stehen für die Republik, für Selbstbestimmung und Menschenrechte, nicht für Nationalismus. Dennoch gilt derjenige als verdächtig, der an seinem Haus oder im Kleingarten die Nationalflagge hisst.

Zum Mauerfall 1989 und wieder während der Fußball-WM 2006 gelang uns ein entspanntes Verhältnis zu Schwarz-Rot-Gold. Dann aber breitete sich die entfremdete und feindselige Haltung gegenüber den nationalen Symbolen wieder aus, die, wie gesagt, Symbole der Demokratie sind.

Die Vergangenheit wurde aufgearbeitet. Wir wissen, dass unser Land von 1933 bis 1945 für die größten Verbrechen der europäischen Geschichte verantwortlich war. Gleichzeitig können wir stolz auf die Geschichte danach sein und auch auf die Zeit davor, als Deutschland eines der führenden Kultur- und Wissenschaftsländer der Welt gewesen ist. Ein großer Teil der Erfindungen, auf denen die Zivilisation der Menschheit heute beruht, wurde in Deutschland gemacht.

Das Selbstbewusstsein, das sich aus dieser Betrachtung ergibt, ist entscheidend für unser Verhältnis zu anderen: Wenn wir Ausländer integrieren wollen, wovon immer die Rede ist, muss es erst einmal etwas geben, was wir sind. Erst dann kann man andere hineinnehmen.

Wir brauchen die Identität, die aus unserer Geschichte und unserer Kultur entsteht. Wenn wir sie immerzu leugnen oder schlecht machen, dann bleibt uns nichts. Dann werden wir zu Moralaposteln, zum Lehrmeister der Welt.

Wenn wir aber unsere Errungenschaften voller Freude feiern, so wie Amerikaner, Franzosen und Polen ihre, wenn wir stolz sind auf so viele Jahre Demokratie und Rechtsstaat, dann können wir anderen Kulturen selbstbewusst und entspannt entgegentreten, dann können wir andere Menschen für unsere Kultur gewinnen.

Der 3. Oktober ist mehr als ein arbeitsfreier Tag und er hat mehr verdient als ein biederes Bürgerfest in Hamburg.

03.11.2019, 22:35 UHR

IN BERLIN WERDEN DIE SYMBOLE DER DDR BESONDERS LIEBEVOLL GEPFLEGT

Gewaltige Wandbilder, Mosaike, Reliefs und Figuren im Stil des realistischen Sozialismus prägen das Stadtbild noch 30 Jahre nach dem Fall der Mauer. Das ist unangemessen.

Die Staatsbibliothek Unter den Linden (erbaut 1914) wurde seit 2005 von Grund auf saniert. Jetzt konnten die Arbeiten beendet werden. Die repräsentative Eingangshalle erstrahlt in altem Glanz und ist endlich wieder begehbar.

Davor, im Brunnenhof, steht ein großes Relief aus DDR-Zeiten, mit einem Gedicht von Bertold Brecht. Auch dieses Relief wurde liebevoll restauriert, obwohl es mit dem Zweck der Bibliothek nichts zu tun hat und einzig der Propaganda der SED diente.

Ganz ähnlich wird seit 30 Jahren überall in Berlin verfahren. Die Symbole der zweiten deutschen Diktatur erhält und pflegt man mit großer Sorgfalt.

Ich nenne acht Beispiele aus der Innenstadt

Über dem Haupteingang der Juristischen Fakultät der Humboldt-Universität am Bebelplatz prangt ein farbiges Rundbogenfenster wie in einer Kirche. Es zeigt Sowjet-Führer Wladimir Iljitsch Lenin (1870–1924), wie er mächtig den Arm erhebt. Lenin putschte sich 1917 an die Macht und ließ seine Gegner und alle, die er dazu erklärte, systematisch ermorden.

Im Hauptgebäude der Humboldt-Universität ziert ganz allein ein Zitat von Karl Marx (1818–1883) die Wand: »Die Philosophen haben die Welt nur verschieden interpretiert, es kommt aber darauf an, sie zu verändern.« Die Veränderung der Welt nach den Ideen von Marx endete bekanntlich überall in Terror, Armut und Tod.

Im Marx-Engels-Forum vor dem Roten Rathaus sitzen immer noch überlebensgroß Karl Marx und Friedrich Engels (1820–1895). Am Lustgarten vor dem Berliner Dom steht ein Gedenkstein, Inschrift: »Für immer in Freundschaft mit der Sowjetunion verbunden.« Die Inschrift wird mit Plexiglas geschützt. Am Marstall (Nicolai-Viertel) sind Reliefs von 1988 zu sehen. Dort schweben Karl Marx und Karl Liebknecht (1871–1919) wie Engel über Arbeitern und Bauern am Himmel.

Das »Haus des Lehrers« am Alexanderplatz wird von einem umlaufenden Fries mit Mosaiken aus 8000 Steinchen geschmückt. Es sind Propagandabilder, die das vermeintlich schöne Leben im Sozialismus zeigen. 2002 wurden die Mosaike in einer Quedlinburger Kunstglaserei restauriert.

Zehn Jahre später, 2012, überarbeitete man im ehemaligen Staatsratsgebäude der DDR die gewaltigen farbigen Glasfenster im Stile des sozialistischen Realismus.

Und genauso aufwändig wurde das monumentale Wandgemälde »Aufbau der Republik« am Bundesfinanzministerium (Leipziger Straße) aufgefrischt. Es zeigt fröhliche »werktätige« Menschen, die ein Transparent mit der Aufschrift »Sozialismus« vor sich hertragen.

Immer ist es der Denkmalschutz, der Pate steht für den liebevollen Umgang mit den Überbleibseln der DDR-Propaganda. Wenn sie denn so wertvoll sind, sollte man sie ins Museum tragen.

So aber prägen sie unkommentiert das Bild einer demokratischen Stadt, die Gott sei Dank nicht mehr unter den sozialistischen Machthabern leiden muss. Das ist unpassend.

25.07.2022, 18:06 UHR

WER VERHINDERT DAS MAHNMAL FÜR DIE OPFER DES KOMMUNISMUS?

Seit sieben Jahren fordert der Bundestag eine angemessene Erinnerung an die rote Gewaltherrschaft in Deutschland und Europa. Doch eine Bundesregierung nach der anderen verschleppt und verschiebt den Auftrag, mit fadenscheinigen Begründungen.

Vor knapp sieben Jahren forderte der Bundestag den Bau eines Mahnmals in Berlin, das an die Opfer der kommunistischen Gewaltherrschaft in Deutschland und Europa erinnern soll. Es wurde nie gebaut.

Stattdessen plant die Bundesregierung jetzt ein neues Zentrum, in dem die Verbrechen Hitler-Deutschlands in der Sowjetunion während des Zweiten Weltkriegs dokumentiert werden.

Dieses Zentrum ist mit 15 000 Quadratmeter Ausstellungsfläche und Kosten in Höhe von 155 Millionen Euro besonders groß und teuer geplant.

Die »Erinnerung an die deutsche Verantwortung für den furchtbaren Zweiten Weltkrieg und die Folgen der deutschen Besatzungsherrschaft« solle damit wachgehalten werden, sagte Bundeskanzler Scholz (SPD).

Keine Frage, diese Erinnerung sollte unbedingt wachgehalten werden. Bedarf es dafür aber einer neuen Anlage von dieser Größenordnung? Der beispiellose NS-Vernichtungskrieg ist bereits an zahlreichen anderen Orten dokumentiert, zum Beispiel in der Topographie des Terrors, im Mahnmal für die ermordeten Juden Europas und im Haus der Wannsee-Konferenz.

Wenn nun doch noch eine NS-Mahnstätte errichtet werden soll und dafür sehr viel Geld freigegeben wird, warum klemmt es dann beim Kommunismus-Mahnmal? Wer diese Frage stellt, bekommt keine klare Antwort. Der erste Beschluss des Bundestages für dieses Mahnmal ist auf den 2. Oktober 2015 datiert. Er blieb ohne Folgen.

Vier Jahre später, am 13. Dezember 2020, erzwang die CDU/CSU-Fraktion einen neuen Beschluss, doch die Regierung Merkel ließ ihn liegen. Im März dieses Jahres gab es wieder eine Debatte im Bundestag. CDU und CSU verlangten den Bau des Mahnmals bis 2024, die AfD wollte sogar einen Standort unweit des Kanzleramts beschließen lassen.

Beide Anträge wurden von der Ampel-Koalition aus SPD, Grünen und FDP abgelehnt. Die Ampel-Koalition fordert ebenfalls den Bau des Mahnmals, will aber keinen Termin setzen. Es gäbe noch zu viele Details zu klären, hieß es.

Das klingt wie eine Ausrede. Und so wurde erreicht, dass es wieder keinen Cent und wieder keinen Termin für den Bau des Mahnmals gibt.

In unseren Nachbarländern sind solche Gedenkstätten ganz selbstverständlich, in Albanien, Bulgarien, Rumänien, Ungarn, der Tschechischen Republik und sogar in Moskau, wo seit 2017 die »Mauer der Trauer« den Opfern des sowjetischen Gulag gewidmet ist.

Im »Haus des Terrors« in Budapest werden die Grausamkeiten des faschistischen Regimes vor 1945 und der kommunistischen Diktatur danach einander gegenübergestellt.

Warum sind solche Entwürfe bei uns nicht möglich? Warum gibt es hier diese Verschleppung, diesen Unwillen, wenn es um die Erinnerung der roten Diktaturen und ihrer Opfer geht?

06.12.2022, 18:35 UHR

BUNDESREGIERUNG LÖSCHT DEN NAMEN VON OTTO VON BISMARCK

Das Auswärtige Amt hat einen Saal umbenannt, der den Namen von Bismarck trug. Die Begründung ist absurd und man fragt sich, was in unserem Land eigentlich los ist.

Im deutschen Außenministerium (Auswärtiges Amt) am Werderschen Markt in Mitte gibt es einen wichtigen Saal, der bisher den Namen »Bismarck-Zimmer« trug.

Hier treten morgens um 9 Uhr die wichtigsten Diplomaten zur Besprechung zusammen. An der getäfelten Stirnseite des Saales hängt ein Gemälde, das den Gründer des ersten gesamtdeutschen Staates und Reichskanzler Otto von Bismarck (1815–1898) zeigt.

Dieses Gemälde wurde abgehängt, der Name »Bismarck« wurde gelöscht. Stattdessen heißt der Raum jetzt »Saal der Deutschen Einheit«. Warum das?

Auf unsere Nachfrage hin bekamen wir diese etwas verwirrende Antwort aus der Pressestelle des Auswärtigen Amtes: »Der neue Name trägt der historischen Entwicklung des Raums Rechnung, in dem zu DDR-Zeiten das Politbüro der SED tagte.«

Das ist richtig: Das Auswärtige Amt zog 1999 in das frühere Gebäude der Reichsbank, das zu DDR-Zeiten von der SED genutzt wurde. Aber was hat die SED mit der Deutschen Einheit zu tun? Die Sozialistische Einheitspartei spaltete Deutschland Ende der 1940er Jahre. Die Einheit wurde erst möglich, als diese Partei und ihr Staat zusammengebrochen waren.

Der Name »Saal der Deutschen Einheit« passt also gar nicht. Noch wichtiger aber ist die Frage, warum Bismarck überhaupt gelöscht wurde? Dazu bekamen wir diese ausweichende Antwort.

»Bereits 2018« habe man über eine Umbenennung »nachgedacht«. Dieser »Prozess« sei »nun wieder aufgenommen« worden.

Ein Jahr nach dem ersten Nachdenken, im September 2019, gab die damalige Staatsministerin Michelle Müntefering (SPD) erstmals einen Empfang nur für Frauen im Auswärtigen Amt.

Dabei erklärte sie, die Macht der Männer in der deutschen Diplomatie müsse gebrochen werden und beschwerte sich, dass »der Flur der Leitungsebene« fast ausschließlich mit Bildern von Männern »gespickt« sei. Auch das Bismarck-Zimmer erwähnte sie als Ärgernis und sagte, es sei »noch eine ganze Menge zu tun«.

Dazu wollte sich das Auswärtige Amt trotz Nachfrage nicht äußern. Stattdessen bekamen wir diese Antwort: »Die Umbenennung trägt der Tatsache Rechnung, dass das Auswärtige Amt seine Traditionslinie maßgeblich in der demokratischen Geschichte Deutschlands verankert sieht.« Also musste Bismarck nicht nur weichen, weil er ein Mann war, sondern auch, weil er sich als Anhänger der Monarchie verstand.

Wie auch immer: Der Name ist verschwunden und das ist mehr als absurd, denn es war Otto von Bismarck, der das Auswärtige Amt gründete, am 8. Januar 1870, erst als Außenamt des Norddeutschen Bundes, dann des Deutschen Reiches.

Bismarck leitete als Kanzler und Reichskanzler dieses Amt selbst, er war der erste gesamtdeutsche Außenminister, der Vorfahre aller deutschen Diplomaten bis heute.

Das Diplomatische Corps pflegt seine Tradition besonders sorgfältig, deshalb wurde der ursprüngliche Name »Auswärtiges Amt« bis heute beibehalten und bewusst nie in »Außenministerium« geändert.

Das Auswärtige Amt ohne Bismarck ist wie das Goethe-Institut ohne Goethe. Wer in dieser Behörde den Namen Bismarck löscht, der muss entweder sehr ungebildet oder größenwahnsinnig sein oder beides. Irgendetwas läuft gewaltig schief in Deutschland.

27.03.2022, 18:12 UHR

DIESE MERKEL-EHRUNG IM DEUTSCHEN HISTORISCHEN MUSEUM IST UNPASSEND

Die politische Karriere der Bundeskanzlerin wird mit 47 Portrait-Fotos aus 30 Jahren geehrt. Eine Hommage dieser Art passt nicht zur wirklich kritischen Lage, in die Merkel unser Land geführt hat.

Das Deutsche Historische Museum Unter den Linden zeigt mit einer Sonderausstellung ab dem 29. April Portrait-Fotos der früheren Bundeskanzlerin Angela Merkel (CDU).

Es handelt sich um 47 Bilder, die von der Fotografin Herlinde Koelbl über einen Zeitraum von 30 Jahren (1991–2021) aufgenommen wurden.

»Audiostationen und eine Videocollage« sollen die Bildergalerie ergänzen und dem Betrachter erklären, wie sich Merkel »im männlich dominierten Politikbetrieb« der Bundesrepublik durchsetzen und an die Macht kommen konnte.

Diese Ausstellung mag interessant sein und vielleicht in eine private Galerie passen. Im zentralen Staatsmuseum aber ist sie fehl am Platz. Hier wirkt die vollkommen unkritische Darstellung wie eine Huldigung, die man eher in einer Monarchie oder einem anderen autokratische Regime erwarten würde.

Noch unpassender ist diese Merkel-Hommage angesichts der ungeheuren Fehler ihrer Amtszeit, die mit dem Krieg gegen die Ukraine erkennbar werden und uns jetzt furchtbar auf die Füße fallen.

Frau Merkel ist maßgeblich dafür verantwortlich, dass Deutschland beim Import von Erdgas und Steinkohle von Russland abhängig wurde. Sie persönlich schätzte Putin vollkommen falsch ein. Als er das Minsker Abkommen von 2015, das sie ausgehandelt hatte, mit Füßen trat und den Krieg in der Ostukraine fortsetzte, schickte sie ihm ab und zu eine Kiste Radeberger Bier.

Das erzählte der Kreml-Herrscher im Wahlkampf 2018 und sie bestätigte es anschließend auf einer Pressekonferenz.

Merkel sorgte dafür, dass die Pipeline Nordstream 2 gebaut wurde, gegen den erklärten Willen der EU und der NATO. Sie wollte tatsächlich eine noch größere Abhängigkeit von russischem Erdgas in Kauf nehmen.

Vor elf Jahren trieb sie die Entscheidung voran, Deutschlands Atomkraftwerke abzuschalten und wenig später berief sie eine »Kohlekommission« ein, um auch die Kohlekraftwerke stillzulegen. Beide Entscheidungen führen jetzt in eine tiefe Krise.

Die Kanzlerin, die immer als rationale Naturwissenschaftlerin gefeiert wurde, die alles vom Ende her denken würde, hatte keinesfalls vom Ende her gedacht, sondern aus kurzfristigem politischem Kalkül.

Und vergessen wir die Bundeswehr nicht, die 16 Jahre lang ignoriert und kaputtgespart wurde. Im Rahmen der NATO stellte Deutschland einst die größte Panzerarmee Europas mit 12 Divisionen. Davon blieben zwei übrig, nur eine ist einsatzbereit. Unser Land kann sich nicht mehr verteidigen.

Auch am Bruch der Maastricht-Verträge war Merkel maßgeblich beteiligt, der in die Schulden-Union führte. Der wenig demokratische Grundsatz, ihre Entscheidungen seien »alternativlos«, bewirkte die Gründung der »Alternative für Deutschland« (AfD).

Merkels Kanzlerschaft wird als besonders umstritten in die Geschichte eingehen, so viel steht jetzt schon fest. Die Lage, in die sie dieses Land geführt hat, ist zu ernst für ein paar schöne Bilder.

22.05.2023, 18:33 UHR

OLYMPISCHE SPIELE 2036 NACH BERLIN? WIR SOLLTEN UNS ENTSCHEIDEN!

Die Spiele sind von großer Bedeutung für den Breitensport, deshalb sollte Olympia endlich wieder nach Deutschland und auch nach Berlin kommen.

Mit der neuen Senatskoalition aus CDU und SPD ist die Frage wieder offen: Sollte sich Berlin als Austragungsort für Olympia bewerben? Bis 2032 sind die Spiele vergeben, also kommt das Jahr 2036 oder 2040 in Frage.

Der rot-grün-rote Senat hatte gefordert, das Internationale Olympische Komitee (IOC) möge »seine Vergabe-Richtlinien grundlegend reformieren«, damit sich Berlin »mit einem nachhaltigen Konzept ohne Gigantismus« bewerben könne. Das IOC reagierte darauf nicht, eine Bewerbung war von vornherein ausgeschlossen.

Anders hört es sich jetzt im Vertrag von CDU und SPD an: »Die Koalition bekräftigt die Bereitschaft, dass Berlin als ein Austragungsort (…) von Olympischen und Paralympischen Sommerspielen in Deutschland zur Verfügung steht.«

Die Bundesregierung unterstützt das Ansinnen. Innenministerin Nancy Faeser sagte: »Ich finde generell, dass es ein richtiger Schritt wäre, uns wieder für Olympische Spiele zu bewerben. Ich werbe da sehr stark für.« Doch trotz dieser großen Unterstützung kommt die Debatte nicht in Gang: Wäre es eine gute oder eine schlechte Entscheidung für Berlin, Olympia hier auszutragen?

Früher einmal war es Ehrensache, sich für Olympia zu bewerben, die Aussicht erfüllte die Menschen mit Stolz und weckte große Erwartungen. Inzwischen aber wird die Austragung überwiegend als Problem angesehen. Deutschland gibt sich heute in dieser Hinsicht viel provinzieller als früher und weniger international.

Das zeigte sich bei der Vorbereitung auf die Bewerbung für die Winterspiele 2022 in München und die Sommerspiele 2024 in Hamburg. In beiden Fällen wandten sich die Bürger in einem Volksentscheid dagegen und es gab infolgedessen gar keine Bewerbung.

Der Deutsche Olympische Sportbund (DOSB) änderte daraufhin seine Strategie. Jetzt sollen sich die Städte und Regionen nicht mehr selbst bewerben. Stattdessen werden sie von der Mitgliederversammlung des DOSB vorgeschlagen. Ende 2023 soll darüber die Entscheidung fallen. Die Bevölkerung soll in die Pläne einbezogen werden. Wie genau bleibt unkonkret.

Insbesondere in Berlin muss noch viel Überzeugungsarbeit geleistet werden. Hier scheiterte schon die Bewerbung für »Olympia 2000« am Widerstand radikaler linker Gruppen. Es entstand ein verzerrtes Bild, als ob Berlin die Spiele nicht ausrichten könnte.

Das stimmte damals nicht und stimmt auch in Zukunft nicht. Berlin ist selbstverständlich Gastgeber sportlicher Großveranstaltungen, in diesem Jahr für die Special Olympics, nächstes Jahr für UEFA Euro 2024, für den Marathon sowieso. Natürlich kann diese Stadt auch Olympia beherbergen. Die Spiele sind von großer Bedeutung für den Breitensport, der auch bei uns eine wichtige Rolle spielt. Warum sollen unsere Sportler immer ins Ausland reisen?

Australien bekommt die Sommerspiele 2032 zum dritten Mal (Brisbane), nach Sidney (2000) und Melbounre (1956), Deutschland hatte sie zuletzt vor 51 Jahren (München/Kiel). Berlin sollte sich für 2036 oder 2040 entscheiden und zwar jetzt.

Obwohl sich in allen repräsentativen Umfragen regelmäßig mehr als 80 Prozent der Befragten gegen den Genderstern aussprechen, werden Schüler und Studenten damit unterrichtet. Wer sich dagegen ausspricht, macht sich verdächtig, er diskriminiere Frauen oder »nichtbinäre Personen«.

GENDERN: DIE SPRACHPOLIZEI

Kaum ein Thema spielt in Wahlkämpfen so eine große Rolle wie die Schulen. Und kaum ein Thema bewegt die Gemüter so sehr. Wie sollte es auch anders sein? In Deutschland gibt es Schulpflicht, jeder Mensch verbringt einen nicht geringen Teil seiner Kindheit in der Schule, wer Kinder hat, erlebt Schulzeit mehrfach. Um die Berliner Schulen steht es nicht gut. Die Schulbildung in Berlin befindet sich in einer permanenten Abwärtsentwicklung. Die Fähigkeit der Grundschüler, die Grundrechenarten und die deutsche Sprache zu beherrschen, nimmt kontinuierlich ab. Immer weniger Gymnasiasten sind in der Lage, einfache Zusammenhänge in Texten zu erfassen und wiederzugeben. Gleichzeitig hat die politische Ideologie in Schulen und Universitäten Einzug gehalten in einer Form, wie es sie seit dem Untergang der DDR nicht mehr gegeben hat.

Das führt zu merkwürdigen Entwicklungen: Während nämlich die kleinen Kinder gar nicht lesen können und die großen keine Zusammenhänge verstehen, diskutieren Politiker, wie man Sprache so umgestalten kann, dass Botschaften transportiert werden. Geschlechtergerecht und diskriminierungsfrei soll Sprache werden, und was das ist und wie man das macht, das wissen sie auch. Darum haben wir nun den sogenannten Genderstern, der zwischen der männlichen und der weiblichen Endung des Wortes steht, und alle Geschlechter berücksichtigen soll, die nicht dem männlichen oder dem weiblichen entsprechen. Der Genderstern wird nicht nur geschrieben, sondern auch gesprochen. Dass irgendwer das wirklich umsetzen würde, das hätte ich nie für möglich gehalten. Und doch hätte ich es ahnen können. Denn ganz am Anfang der Entwicklung standen, wie immer in Berlin, die Kreuzberger Grünen mit ihrem starken Sendungsbewusstsein. Ich erinnere mich noch an ein Gespräch mit einer grünen Bezirksverordneten, indem ich ihr sagte, dass man den Genderstern nicht schreiben sollte, weil man ihn ja auch nicht sprechen könne. »Aber natürlich kann man ihn sprechen«, widersprach sie und tat es: »Politiker*innen« sagte sie mit sekundenlanger Pause zwischen »Politiker« und »innen« und ich staunte. Es klang schlecht, es holperte, und wem war damit nun geholfen? Heute macht fast jeder Radiomoderator die komische Pause. Innerhalb einer grünlinken Akademiker-Elite an den Schulen, in den Universitäten und im öffentlich-rechtlichen Rundfunk wird die Sprachverbiegung nicht mehr diskutiert. Und obwohl sich in allen repräsentativen Umfragen regelmäßig mehr als 80 Prozent der Befragten gegen den Genderstern aussprechen, werden Schüler und Studenten damit unterrichtet. Wer sich dagegen ausspricht, macht sich verdächtig, er diskriminiere Frauen oder »nichtbinäre Personen«.

Diesem Verdacht möchte sich niemand gern aussetzen: Als mir meine Tochter ihre Seminararbeit zeigte, sah ich, dass der Text komplett mit Sternchen versehen war, sonst, so erklärte sie, könnte sie schlechter bewertet werden. »Das darf der Dozent gar nicht, dich deshalb schlechter bewerten«, sagte ich, aber sie winkte nur ab. Das könne man eh nie nachweisen. Und so ist es jetzt: Im Zuge der von einer sehr kleinen Gruppe zur Verbesserung der Welt beschlossenen Kampagne wurde das Sternchen erfunden, und wer nicht mitmacht, darf nicht zu den Guten gehören.

Sprachvorschriften sollen uns das vermeintlich Schlechte austreiben. Mich schaudert es da: Haben eben das nicht Diktatoren versucht überall auf der Welt? Und nicht nur durch das

Gendern werden wir über die Sprache indoktriniert: Die Berliner Polizei bekam kurz vor Weihnachten 2022 von der eigenen Präsidentin einen Sprachkodex verordnet (»Empfehlungen für einen diskriminierungssensiblen Sprachgebrauch«). Seitdem dürfen sie nicht mehr »illegale Migranten« sagen, sondern nur noch »irregulär eingereiste Personen«. Auch »Asylbewerber« gibt es im Sprachgebrauch der Polizei nicht mehr, sondern nur noch »schutzsuchende Menschen«.

Besonders Eifrige erfinden nun vorauseilend eigene Wörter für ihre Institutionen. Die evangelische Kirche spricht nicht mehr von Pfarrern oder Pfarrerinnen, sondern von »Pfarrpersonen«. »Beim Begriff Pfarrer würdest du dir automatisch Männer vorstellen, beim Begriff Pfarrerin eine Frau«, erläutert mein Sohn fürsorglich. »Aber was ist daran falsch?«, frage ich. Und nur still bei mir denke ich, dass ich mir unter »Pfarrperson« alles Mögliche vorstelle, nur eben weder einen Pfarrer oder eine Pfarrerin. Und wem ist damit jetzt geholfen?

29.12.2019, 17:13 UHR

WARUM NUR WURDE LATTE IGEL IM DEUTSCHEN FILM ZUM MÄDCHEN?

Der Kinderbuch-Klassiker wurde für die Leinwand politisch korrekt getrimmt. Das ist unnötig, dafür muss kein Kind ins Kino gehen.

Latte Igel wurde verfilmt. Der Klassiker des schwedischen Autoren Sebastian Lybeck (90) ist seit Weihnachten in den Kinos zu sehen. Mein Sohn (8) hatte sich darauf gefreut. Er liebt das Buch, Latte Igel ist sein Held. Doch der Film wurde zu einer maßlosen Enttäuschung: Nicht Latte war da zu sehen, sondern Prinzessin Latte. Im Film wurde aus dem Jungen Latte das Mädchen Latte. Und wieso?

Es gibt Heldenmädchen und Heldenjungen in Kinderbüchern, mit denen sich sowohl Mädchen als auch Jungen identifizieren. Pippi Langstrumpf zum Beispiel, auch sie eine Lieblingsfigur meines jüngsten Sohnes, ist eindeutig ein Mädchen – so wurde sie von Astrid Lindgren erschaffen. Niemand käme auf die Idee, aus Pippi einen Jungen zu machen. Das hätten die kleinen Leser nicht gewollt und man hätte es ihnen auch nicht zugemutet.

Aber aus Latte musste ein Mädchen werden! Welche Botschaft an die Kinder ist damit verbunden? Sollen sie lernen, dass auch Mädchen Helden sein können? Das wussten sie schon. Oder dass Mädchen eigentlich die besseren Helden sind?

So wird es jetzt dargestellt: Lattes Kumpel, das Eichhörnchen Tjum, ist im Film neben dem mutigen Mädchen Latte ein ängstlicher Begleiter. Das ist er im Buch aber nicht, meint zumindest mein Sohn. Dort sei es Tjum, der Latte die Flucht aus dem Gefängnis des bösen Bärenkönigs Bantur ermöglicht. Nur mit Tjums mutigem Beistand habe Latte den Wasserstein erbeuten können. Latte und Tjum sind Freunde, echte Kumpel – auch das ist der politischen Botschaft des Films zum Opfer gefallen.

Nicht nur die Frauenquote haben die Regisseurinnen dem Film aufgedrückt, er wurde sogar an die Klimabewegung (»Fridays for Future«) angepasst. Das kommt in den Kritiken gut an und die Jugendorganisation des »Bund für Umwelt und Naturschutz Deutschland« (BUND) verlost deshalb Freikarten. »Während die Erwachsenen (…) keine Idee zur Lösung des Problems haben, glaubt das kleine Igel-Mädchen Latte als einzige daran, dass man selbst aktiv werden muss, um die Situation zu ändern«, schreibt die BUND-Jugend.

So plump werden die Kinder im Latte-Igel-Buch von 1958 aber gar nicht angesprochen. Es geht um einen Wald, der verdorrt und einen bösen Bärenkönig, der den Wasserstein und die mit ihm verbundene Macht in seinem Reich versteckt. Sebastian Lybeck war selbst Umweltaktivist. Er kämpfte gegen ein Wasserkraftwerk in Norwegen und ein Atomkraftwerk in Dänemark. Aber er schrieb eben kein politisches Kinderbuch, sondern ein echtes Märchen, er wollte die Kinder nicht belehren.

Wie jede gute Geschichte hat auch seine eine Aussage: Der kleine Latte schafft es mit Mut und Verstand und der Hilfe seiner Freunde, den Wasserstein für seinen Wald zu erbeuten. Ist das nicht Aussage genug? Liegt nicht die Kraft eines guten Kinderbuches darin, den Raum zu schaffen, in dem Ideen und Träume wachsen können?

Im Film wird Lybecks Märchen in eine politische Form gegossen. Demnach muss also die Trockenheit eine Folge des Klimawandels sein, der Held wird zum Mädchen. Das ist eine Art der Indoktrination, wie man sie aus Diktaturen kennt, die alles der Ideologie unterwerfen. So wird aus einem spannenden Märchen eine vorhersehbare Belehrung. Dafür müssen unsere Kinder nicht ins Kino gehen.

26.02.2024, 06:19 UHR

EINE GEFÄHRLICHE IDEOLOGIE MACHTE KINDER ZU SEX-OPFERN

Die kriminologische Seite der Kentler-Verbrechen wird aufgeklärt, nicht aber die politische. Ein düsterer Abschnitt in der Parteigeschichte der Grünen bleibt im Dunkeln.

Es ist ein Jahrhundert-Verbrechen, dessen Aufarbeitung nur langsam vorangeht: Berliner Jugendämter wählten pädosexuelle Männer als Pflegeväter für schwer erziehbare Jungen aus. Jahrzehntelang wurden Kinder auf diese Art und Weise Opfer sexueller Gewalt.

Der Senat hatte eine Untersuchung in Auftrag gegeben, deren Ergebnisse jetzt vorliegen. Darin wird der Beweis erbracht, dass es ein Netzwerk pädosexueller Männer gab, das mit den Jugendämtern paktierte, um Jungen als Pflegekinder zu erhalten. Auch verurteilte Sexualstraftäter durften Pflegeväter werden.

Das geschah 30 Jahre lang, von Anfang der 70er Jahre bis über das Jahr 2000 hinaus. Zentrum dieses Abgrundes war Berlin (West). Die Kinder von damals leben heute als Erwachsene unter uns. Sie sind für ihr Leben gezeichnet.

Wie konnte es dazu kommen? Was heute als besonders verabscheuungswürdig gilt, nämlich der Sex mit Kindern, wurde damals von einflussreichen Gruppen umgedeutet.

Sie wollten in ihrem Kampf gegen die bürgerliche Sexualmoral auch das Tabu der Pädophilie brechen.

Es war eine gefährliche Ideologie, die in der grün-alternativen Szene und unter den Reformpädagogen Fuß fasste.

Danach galt ein erotisches Verhältnis Erwachsener mit Kindern als Errungenschaft der sexuellen Befreiung.

Der anerkannte Sexualpädagoge Helmut Kentler (1928–2008) entwickelte die Theorie, dass pädosexuell orientierte Männer die besten Pflegeväter für schwer erziehbare Jugendliche sein müssten, denn nur sie könnten die Jungen lieben und in Liebe erziehen.

Seine Theorie wurde in die Praxis umgesetzt, unter dem Begriff »Kentler-Experimente« bekannt und zur grausamen Wirklichkeit, denn die Jungen wurden nicht in Liebe erzogen, sondern sexueller Gewalt ausgesetzt.

Zu den Mitstreitern des Herrn Kentler gehörte der berüchtigte pädosexuelle Leiter der Odenwald-Schule Gerold Becker.

Die kriminologische Seite dieses Jahrhundertskandals wird nach und nach aufgeklärt, nicht aber die politische. Dafür sind vor allem die Grünen verantwortlich, die als erste die dunklen Seiten ihrer Parteigeschichte ausleuchten müssten. Das haben sie nur halbherzig oder gar nicht getan. Man vergisst oder leugnet lieber.

Genau diejenigen, die so sehr an der Aufarbeitung der Geschichte mitgewirkt haben – und jedes Straßenschild umdrehen, ob der Name geändert werden müsste –, die schweigen jetzt.

Die »Kentler-Experimente« waren das Werk einer elitären Minderheit, die ihre Sexual-Ideologie der schweigenden Mehrheit aufdrücken wollte. Das ist gelungen, mit verheerenden Folgen. Und also kann es auch wieder gelingen.

Und also müsste man eine Lehre aus den Kentler-Verbrechen ziehen, wie furchtbar sich ideologische Verblendung auswirkt.

Aber es wird ja nicht einmal darüber gesprochen, wie es dazu kommen konnte, was wir heute, 30 Jahre später, für unvorstellbar halten.

14.12.2022, 18:05 UHR

WEN STÖRTE DAS KREUZ AM SPIELPLATZ IM MONBIJOUPARK?

Die Stadträtin Almut Neumann (Grüne) ließ christliche Symbole abnehmen, weil es Beschwerden gegeben habe. Sie sagt aber nicht, wer sich beschwert hat. Wen also sollten diese Symbole stören? Eine solche Zensur darf es nicht geben.

Am 5. Dezember wurde im Monbijoupark in Mitte ein Spielplatz neu eröffnet. Zu den aufwendig gemachten Spielgeräten dort gehört ein Schloss aus Holz mit zwei Türmen. Auf den Turmspitzen waren ein Kreuz und ein Stern zu sehen.

Kurz vor der Eröffnung des Spielplatzes wurden Kreuz und Stern entfernt und durch eine Katze und die Miniatur der Spitze des Fernsehturmes ersetzt. Darüber berichtete die B.Z. zuerst.

Auf Nachfrage teilte das Bezirksamt mit, Bürger hätten sich über die christlichen Symbole beschwert, deshalb habe man sie abgenommen. Nun wollten wir wissen, welche Bürger und wie viele sich beschwert hätten und richteten unsere Frage an die zuständige Stadträtin Almut Neumann (Grüne).

Sie gab zur Antwort, das Straßen- und Grünflächenamt sei »von einigen BürgerInnen« auf »die religiöse Konnotation« von Kreuz und Stern »persönlich angesprochen worden«. Die Mitarbeiter hätten sich »daher kurzfristig nach Aufstellung der Geräte entschieden, das Kreuz durch eine Katze auszutauschen, um diesen – nicht intendierten – religiösen Eindruck zu vermeiden«.

Mehr wollte die Stadträtin nicht verraten. Nicht, wer sich beschwerte und auch nicht, welcher Art denn die Beschwerden waren und wie sie vorgetragen wurden.

Genügte ein Zuruf im Park, um das christliche Symbol zu entfernen? Gibt es keine Dokumentation darüber oder gab es gar keine Beschwerde und waren es Mitarbeiter des Bezirksamtes, die auf eigene Faust handelten?

Wir fragten die Stadträtin noch nach ihrer persönlichen Meinung. Antwort: »Ich kann durchaus nachvollziehen, dass als religiös interpretierbare Symbole auf einem Märchenspielplatz thematisch als nicht angemessen empfunden werden.«

Das klingt so, als hätte sie selbst das Kreuz und den Stern dort nicht gerne gesehen. Und warum sollten christliche Symbole auf einem Märchenspielplatz »als nicht angemessen empfunden werden«? Viele Märchen haben einen christlichen Hintergrund. Welches Kind sollte sich daran stören?

Kinder übrigens waren während der Planung für den neuen Spielplatz aufgerufen, Vorschläge für die Gestaltung zu machen. Im Bericht des Bezirksamtes findet sich im Kapitel »Ideen & Wünsche der Kinder« dieser Wunsch für den Spielplatz: »Schloss mit funkelnden Kreuzen/Stern auf den zwei Türmen«.

Der Vorschlag kam von einem Mädchen namens »Louisa«, das sogar ein Bild malte, auf dem ein Schloss mit Kreuz zu sehen ist. Louisas Vorschlag wurde aufgegriffen, das Schloss wurde gebaut. Dann aber wurde das Werk von der Stadträtin zensiert: Nun steht es da ohne Kreuz.

Das Kreuz wiederum ist nicht nur ein Symbol des christlichen Glaubens, sondern der gesamten abendländischen Kultur, in deren Tradition wir stehen. Was ist los in dieser Stadt, dass man ein Kreuz entfernt?

26.11.2018, 18:21 UHR

SOLLEN KINDERGÄRTEN DIE POLITISCHE GESINNUNG DER ELTERN ÜBERPRÜFEN?

Eine neue Broschüre der Bundesregierung enthält eine Anleitung, wie ErzieherInnen rassistisches und fremdenfeindliches Gedankengut in den Kinderköpfen erkennen und ihm entgegenwirken können. Das geht zu weit.

Mit Unterstützung der Bundesregierung ist eine neue Anleitung für Erzieherinnen in den Kindergärten erschienen. Sie trägt den Titel »Ene, mene, muh – und raus bis du!«

In der Broschüre werden Ratschläge erteilt, wie man rassistisches und fremdenfeindliches Gedankengut in den Kinderköpfen erkennt und ihm entgegenwirken kann.

Im Vorwort schreibt Bundesfamilienministerin Franziska Giffey (SPD): »Wir erleben (…) einen deutlichen Anstieg rechtspopulistischer Bewegungen.« Deshalb sei es »wichtig, die frühkindliche Bildung demokratisch zu gestalten (…).«

Ganz besonders begrüßt Frau Giffey »die Handlungshinweise und Hilfsangebote« in der Broschüre. Diese Angebote werden dort anhand von Fallanalysen unterbreitet. Im Fall I.3. zum Beispiel wird erklärt, wie man »Kinder aus völkischen Elternhäusern« erkennt. Und zwar so: »Das Mädchen trägt Kleider und Zöpfe, es wird zu Hause zu Haus- und Handarbeiten angeleitet, der Junge wird stark körperlich gefordert.«

In einem solchen Falle wird empfohlen, »die Eltern zum persönlichen Gespräch in die Kita einzuladen«, um ihnen zu erklären, wie »autoritäre und geschlechterstereotype Erziehungsstile die vielfältigen Möglichkeiten von Kindern einschränken (…).«

Im Fallbeispiel II.2. wird beschrieben, wie sich eine Mutter Sorgen macht, weil Flüchtlingskinder aufgenommen werden.

Sie fürchtet, dass das Bildungsniveau sinkt. Ihr soll erklärt werden: »Diese Sorgen sind unbegründet.« Das habe die »Migrationsforschung« herausgefunden. Sie möge bitte die »Vielfaltspädagogik« beachten.

Die Broschüre »Ene, mene, muh« ist wahrscheinlich mit den besten Absichten entstanden und auch Frau Giffey meint es sicherlich gut mit ihrem Vorwort. Aber sie geht als Ministerin eindeutig zu weit. Und die Autoren der Broschüre auch.

Es ist nämlich nicht Aufgabe des Staates und der Kindergärten, die Lebensweise der Eltern zu prüfen und zu korrigieren. Die Meinungsfreiheit muss uns ebenso heilig sein wie die Privatsphäre.

Wenn man dem Staat erst einmal zugesteht, sich in dieser Weise auf die Privatsphäre von Familien Zugriff zu verschaffen, dann ist eine prinzipielle Grenze überschritten. Dann kann sehr schnell wieder geschehen, was in den deutschen Diktaturen geschah: In der DDR und im NS-Staat wurden Kinder einer Gesinnungskontrolle unterzogen und sogar als Spitzel gegen ihre Eltern eingesetzt.

Erzieher sollten nach ihrer Ausbildung in der Lage sein, eigenständig und ohne staatliche Anweisung zu entscheiden, ob ein Kind durch radikale Einstellungen des Elternhauses leidet. Dann können sie das Gespräch suchen.

Ihnen aber vorzugeben, welche politischen Einstellungen sie als gefährlich einzustufen haben, ist ein Eingriff, den es in einem freien Land nicht geben darf.

Wehret den Anfängen, könnte man auch sagen.

23.10.2023, 18:24 UHR

WENN DIE SCHÜLER KEIN DEUTSCH KÖNNEN, LIEGT DAS NICHT AN DEN LEHRERN

Die Kinder der Einwanderer scheitern an der Bildung, weil zu Hause kein Deutsch gesprochen wird. Es ist naiv zu glauben, dass die Schulen das Problem lösen könnten.

Die Schüler der neunten Klassen können immer weniger Deutsch sprechen, Deutsch schreiben und Deutsch verstehen. Das geht aus einer Untersuchung des Instituts zur Qualitätsentwicklung im Bildungswesen (IQB) hervor. Dieses Institut befindet sich an der Humboldt-Universität, es wurde 2004 von den Bundesländern gegründet, um die Bildungsstandards an den Schulen zu ermitteln.

Die Wissenschaftler des IQB geben an, dass das »Kompetenzniveau insbesondere im Verstehen der gesprochenen Sprache« im Zeitraum 2015 bis 2022 »deutlich zurückgegangen« sei. Sie weisen ausdrücklich darauf hin, dass der Verlust der Sprachkompetenz mit »den beiden großen Zuwanderungs- und Flüchtlingswellen ab 2015« im Zusammenhang stehe, Jugendliche »mit Zuwanderungshintergrund« seien besonders betroffen.

Schulsenatorin Katharina Günther-Wünsch (CDU) sprach von »besorgniserregenden Befunden«. Der Schlüssel zur Lösung des Problems liege »in einer intensiven Sprachförderung«. Das ist sicher richtig, doch bemühen sich die Schulen ja schon seit vielen Jahren um eine intensive Sprachförderung.

Der Erfolg bleibt aus und das hat einen Grund: Der IQB-Bericht weist auf das Sprachproblem zu Hause hin. »Der Anteil der Familien, in denen nie oder nur manchmal Deutsch gesprochen wird« habe sich auf 32 Prozent erhöht. Das ist ein Durchschnittswert für ganz Deutschland. In Berlin liegt dieser Anteil wesentlich höher.

Fazit der IQB-Wissenschaftler: »Jugendliche, die in ihren Familien nur manchmal oder nie Deutsch sprechen, zeigen im Schnitt ein geringeres Kompetenzniveau im Lesen und Zuhören als Jugendliche, die in ihren Familien immer Deutsch sprechen«.

Kinder und Jugendliche, die zu Hause kein Deutsch sprechen, können in dieser Sprache nicht lernen. Da hilft auch die »intensive Sprachförderung« nicht, von der die Senatorin spricht.

Wenn aber der Anteil der Schüler steigt, die die deutsche Sprache nicht ausreichend verstehen, um zu lernen, dann ziehen sie die anderen mit nach unten, dann sinkt das Leistungsniveau in den Klassen ab, das haben verschiedene Studien nachgewiesen.

Können die Lehrer diese Abwärtsspirale stoppen? Nein, das ist ganz unmöglich, denn sie müssen in den verschiedenen Fächern den Unterrichtsstoff vermitteln und sind darauf angewiesen, dass die Schüler einfache Texte verstehen und den Inhalt wiedergeben können. Das ist aber zunehmend nicht der Fall. Mit der Sprachkompetenz steht und fällt die gesamte Ausbildung.

An den Schulen treten die Folgen der unkontrollierten Migration in aller Deutlichkeit zutage: Zu viele Menschen sind mit zu wenig Bildung eingewandert oder ohne den Willen, dafür zu sorgen, dass ihre Kinder die deutsche Sprache angemessen beherrschen. Es ist naiv zu glauben, dass die Lehrer das Problem lösen könnten, sie können es nicht.

Kein Weg führt an der Wahrheit vorbei, dass wir nicht immer mehr Menschen aufnehmen können, die an der Bildung scheitern. Das kann unser Land nicht verkraften.

04.11.2018, 16:30 UHR

SCHULSENAT WEISS NICHT, WIE KINDER IN DER SCHULE SCHREIBEN LERNEN

Kehren die Lehrer zur Fibel zurück? Diese Frage entscheidet darüber, ob die Grundschüler wieder Schreiben lernen oder nicht.

Am Montag fängt die Schule wieder an. In der ersten Klasse sollen die Grundschüler Schreiben lernen. Doch sie lernen es nicht mehr richtig, weil sie mit einer verfehlten Methode unterrichtet werden.

Nach dieser Methode, die sich »Lesen durch Schreiben« oder auch »Schreiben durch Hören« nennt, wird die Rechtschreibung nicht systematisch erlernt. Kinder schreiben wie sie wollen. Lehrer und Eltern sollen sie nicht korrigieren. Irgendwann werde sich die korrekte Schreibweise schon einstellen, so die Theorie.

Doch die Wirklichkeit sieht anders aus. Die Fähigkeit zum korrekten Schreiben nimmt rapide ab. Inzwischen erreichen 48 Prozent der Berliner Viertklässler die Mindeststandards der Rechtschreibung nicht mehr. Unter den Kindern nichtdeutscher Herkunft sind es 61 Prozent. In den anderen Bundesländern sieht es ähnlich aus.

Baden-Württemberg und Hamburg haben die Lernmethode bereits verboten. Brandenburg verbietet sie ab dem kommenden Schuljahr. Nach dem Verbot kehren die Lehrer zur Fibel zurück. Berlins Schulsenatorin Sandra Scheeres (SPD) will die Lernmethode »Lesen durch Schreiben« nicht aus dem Verkehr ziehen, allerdings sollten die Grundschüler wieder korrigiert werden, verlangte sie im Juni diesen Jahres.

Wie sieht es jetzt genau aus? Welche Methoden werden in welcher Verbreitung an den Berliner Schulen zum Erlernen des

Schreibens angewandt? Das wollte der FDP-Abgeordnete Paul Fresdorf wissen.

Doch siehe da: Die Schulsenatorin weiß es gar nicht. Mark Rackles, ihr Staatssekretär, der für die Schulbildung zuständig ist, antwortete: »Methoden der Unterrichtsgestaltung und verwendete Lehr- und Lernmaterialien in einzelnen Fächern und Jahrgangsstufen werden statistisch nicht erhoben.«

Die Schulverwaltung nimmt an, dass die Mehrheit der Lehrer zur Fibel zurückgekehrt ist. Das sagte eine Sprecherin im September. Aber auch das weiß niemand genau.

Könnte es also sein, dass ganz unterschiedliche Methoden angewendet werden, sogar von verschiedenen Lehrern an einer Schule? Ja, das ist offenbar auch möglich. Dazu sagt Staatssekretär Rackles: Es obliege »der didaktisch-methodischen Kompetenz der Lehrkräfte, den Lernbedürfnissen jedes Kindes mit individuellen Lernangeboten gerecht zu werden.«

Eben diese individuellen Lernangebote haben aber offenbar in die Katastrophe geführt, weil jeder Grundschüler ganz individuell schreiben sollte, wie er gerade lustig war. Notwendig wäre deshalb die Rückkehr zu einer verlässlichen Methode. Eine solche Rückkehr als Pflicht für alle Lehrer wird also nicht angestrebt.

Man fragt sich ja inzwischen, ob unsere Schulpolitiker den Ernst der Lage überhaupt erkannt haben. 200 Jahre lang wurde in unserem Land das Schreiben so gelehrt, dass jeder Hauptschüler schließlich die Rechtschreibung beherrschte. Seit zehn Jahren funktioniert das nicht mehr, jetzt schreiben sogar die Abiturienten falsch.

Weil sich die Reformpädagogen ausgetobt haben, weil die Schüler ihre Versuchskaninchen sind. Wann hört das endlich auf?

09.02.2023, 18:05 UHR

LEHRER WERDEN ZU AKTIVISTEN, WO BLEIBT DIE SCHULAUFSICHT?

Wenn Lehrer das Neutralitätsgebot bewusst verletzen, muss die Schulaufsicht eingreifen. Das aber geschieht in Berlin nicht, weil die politischen Lehrer auf einer Linie mit den regierenden Parteien sind.

Ein Berliner Vater klagt vor dem Verwaltungsgericht gegen die politische Indoktrination seines Kindes in der Schule. Dabei wird er vom Verein Deutsche Sprache (VDS) unterstützt. Wir haben mit ihm gesprochen, er will aber anonym bleiben, vor allem um seine Familie zu schützen.

Diese Vorwürfe erhebt er: Dem Kind werde in der Schule erstens die Gender-Sprache aufgezwungen. Es werde mit Sternchen geschrieben und mit Sprechpause gesprochen. Wörter wie »Hampelmann« werden durch »Hampelmensch« ersetzt.

Zweitens werde Identitätspolitik praktiziert. So müssten Kinder in einem Sitzkreis angeben, mit welchem Pronomen sie angesprochen werden wollen, also welches Geschlecht sie gewählt haben.

Drittens fänden sich in den Unterrichtsmaterialien Belehrungen wie: »Gibt es Rassismus gegen weiße Menschen? Nein, gibt es nicht!«

Der empörte Vater gibt an, dass sein Kind von der Lehrerin gemobbt worden sei, weil es einen genderkritischen Text teilte. Er beschwerte sich bei der Schulverwaltung und bekam keine Antwort. »In den letzten zwei bis drei Jahren hat das dramatisch zugenommen, auch an den Schulen meiner anderen Kinder«, sagt er. Jüngere Lehrer benähmen sich wie »getarnte Aktivisten«.

Viel deutet darauf hin, dass es sich hier nicht um einen Einzelfall handelt. Das belegen zahlreiche Zuschriften, die wir erhalten. Eltern und Großeltern beklagen die Politisierung des Unterrichts. »Mein Enkel bekam von der Deutschlehrerin erklärt, dass im Deutschunterricht jetzt weniger deutsche und mehr afrikanische Literatur gelesen wird«, schreibt B.Z.-Leserin Christiane Vollradt.

Auf unsere Anfrage, ob das Gendern im Unterricht erlaubt sei, gab der Sprecher der Schulsenatorin eine unklare Antwort. Einerseits sagte er, es sei »klar definiert, dass die Regeln der Rechtschreibung anzuwenden sind.« Andererseits verstoße es aber nicht »gegen verbindliche Regeln«, wenn ein Lehrer »in gendergerechter Sprache schreibt und spricht«

Das versteht niemand. Offenbar ist Schulsenatorin Astrid-Sabine Busse nicht in der Lage, die politische Indoktrination zu unterbinden. Dazu aber ist sie sogar verpflichtet. Sie ist Dienstherrin der Lehrkräfte, sie muss die Schulaufsicht ausüben, »im Benehmen mit den Bezirken« (§105 Berliner Schulgesetz).

Aufgabe der Schulaufsicht ist es, »die religiöse, weltanschauliche und parteipolitische Neutralität des Schulwesens« zu gewährleisten. So steht es zum Beispiel auf der Seite des Bezirksamtes Charlottenburg-Wilmersdorf.

Wenn sich Lehrer wie Agitatoren benehmen und das Gebot der Neutralität bewusst verletzen, dann ist das also ein Fall für die Schulaufsicht, dann muss es Disziplinarverfahren geben. Die gibt es aber nicht.

Man lässt es geschehen, weil die politischen Lehrer auf Linie mit den regierenden Parteien sind.

22.02.2021, 17:32 UHR

AN DER FU TREIBT DIE POLITISCH KORREKTE SPRACHE SELTSAME BLÜTEN

Eine neue geschlechtsneutrale Anrede sorgt für Empörung bei einem Professor, der gerne als Mann angesprochen werden möchte. Der Fall offenbart die Intoleranz der neuen Sprachmethoden.

Die sogenannte geschlechtergerechte Sprache hält überall Einzug. Damit sollen Frauen in der Sprache sichtbar gemacht werden und nicht nur Männer. Außerdem sollen auch alle berücksichtigt werden, die sich keinem der beiden Geschlechter zugehörig fühlen. Deshalb wurde das Sternchen eingeführt (Beispiel: »Berliner*innen«). Es meint alle, die weder Frau noch Mann sind. Diese Schreibweise setzt sich durch, nicht nur in der Verwaltung, sondern auch an Schulen und Universitäten.

Dabei schießt die Freie Universität (FU) jetzt den Vogel ab. Denn dort schreibt das Prüfungsamt die Professoren in individuellen Briefen und Mails nicht mehr mit »sehr geehrte Frau Prof. (Name)« oder »sehr geehrter Herr Prof. (Name)« an, sondern mit »sehr geehrt* Prof. (Name)«.

Das Adjektiv »geehrter« wird abgeschnitten und mit einem Sternchen versehen. Das »Frau« oder »Herr« entfällt. So soll Diskriminierung verhindert werden. Die Anrede soll nicht auf ein Geschlecht festlegen, denn es könnte ja sein, dass der Angesprochene keinem der beiden Geschlechter angehört.

Ein Professor der FU erhielt ein Schreiben mit dieser Anrede. Er beschwerte sich, er sei 40 Jahre lang in der männlichen Form angesprochen worden. Weshalb ist das jetzt nicht mehr möglich? Er wollte gern wieder mit »Sehr geehrter Herr« angeschrieben werden.

Die FU lehnte das ab: »Wir achten auf eine gender- und diversitätsbewusste Sprache«, bekam er zur Antwort. Aber was ist daran besonders genderbewusst, wenn jemand nicht so angeredet wird, wie er es wünscht? Was ist mit denen, die sich auf ein Geschlecht festgelegt haben?

Der Professor (der ungenannt bleiben möchte) ist ratlos. Der B.Z. gegenüber sagte er: »Universitäten waren einst der Hort der Bildung, jetzt sind sie Motor der Sprachverhunzung.«

Sein Protest wird ungehört verhallen. Denn das Sternchen breitet sich im Schriftbild ganz rasant aus. Es wird nicht von oben angeordnet, der Eifer kommt von unten. Die Institutionen überbieten sich dabei gegenseitig in politischer Korrektheit.

So ging es kürzlich dem ehemaligen FU-Professor Rudolf Stöber, der jetzt in Bamberg lehrt. In der Fachzeitschrift »Publizistik« bezeichnete er die Sternchen-Schreibweise als »ideologisch« und »polarisierend«. Sie erinnere ihn an das »Neusprech« aus George Orwells Roman »1984«.

Daraufhin unterschrieben 350 Kollegen einen offenen Brief an die Redaktion, ein solcher Beitrag hätte ihrer Ansicht nach gar nicht erscheinen dürfen.

Im Zuge dieser Auseinandersetzung gaben Wissenschaftler bekannt, dass sie unter Druck gesetzt würden, das Sternchen zu verwenden. Über die neue Schreibweise wird nicht mehr diskutiert. Der Spieß wird umgedreht: Wer sie nicht anwendet, der diskriminiert, der grenzt aus. Rückfragen sind unerwünscht. So einfach ist das.

26.12.2022, 17:47 UHR

POLIZISTEN MÜSSEN JETZT EINE POLITISCH KORREKTE SPRACHE LERNEN

Was haben die Kollegen falsch gemacht, dass sie erzogen werden sollen? Sie werden unter Generalverdacht gestellt. Das darf die Polizeipräsidentin nicht tun, es sei denn, es gäbe eine Begründung dafür, aber die wird nicht geliefert.

Kurz vor Weihnachten bekamen Berlins Polizisten einen Sprach-Kodex verordnet: Darin werden ihnen politisch korrekte Formulierungen vorgeschrieben, die sie im beruflichen Alltag anwenden sollen.

Das Werk mit dem Titel: »Empfehlungen für einen diskriminierungssensiblen Sprachgebrauch« umfasst 29 DIN A4-Seiten. Es wurde von der Kriminalrätin Eva Petersen erarbeitet, der »Beauftragten für Gruppenbezogene Menschenfeindlichkeit« der Berliner Polizei. Im Vorwort schreibt sie in Richtung ihrer Kollegen, sie sollten »die Reproduktion rassistischer, antisemitischer, antiziganistischer, frauenfeindlicher, LSBTI-feindlicher oder anderer menschenverachtender Zuschreibungen in Schrift und gesprochenem Wort vermeiden lernen.«

Begriffe, die nicht mehr verwendet werden sollen, sind durchgestrichen, dafür werden alternative Formulierungen vorgegeben. Nicht mehr gesagt werden soll zum Beispiel »illegale Migranten« und stattdessen »irregulär eingereiste Person«. »Asylbewerber« wird durch »schutzsuchende Menschen« ersetzt (Seite 11).

Der Begriff »Kopftuchträgerin« ist nicht mehr erlaubt, dafür diese Formulierung: »Das unbekannt gebliebene Opfer trug einen Hidschab (Hijab)« (Seite 18). Kompliziert wird es beim »Südländer«. Neue Formulierung: »dunklerer Hauttyp, Phänotypus: westasiatisch, gemäß Zeugenaussage arabisch sprechend, sehr dunkle, leicht gewellte Haare« (Seite 12).

Noch komplizierter wird es im Falle der Geschlechter: Bei »diversen Personen« muss die Anrede »Frau« oder »Herr« entfallen und durch eine »neutrale Ansprache« ersetzt werden, indem man den Vor- und Nachnamen spricht (S. 26).

Auch »Leitkultur« wird aussortiert. Das sei »ein vager Begriff«, der vor allem in rechtspopulistischen bis rechtsextremen Kreisen kursiert« (Seite 28). »Mehrheitsgesellschaft« sei missverständlich, stattdessen müsse es heißen: »Mehrheitsbevölkerung, also die von 64 Millionen Deutschen ohne Migrationsgeschichte« (Seite 29).

Diese »Empfehlungen« werfen viele Fragen auf. Erstens: Wer kann sich das alles merken? Zweitens: Wer kann im sehr anstrengenden und gefährlichen Polizei-Alltag auf die vielen Feinheiten achten? Drittens: Was geschieht, wenn ein Polizist aus Versehen doch einmal »Südländer« oder »Kopftuch« sagt oder einen Menschen mit »Herr« oder »Frau« anspricht, der nicht so angesprochen werden will?

Viertens: Wie kommen die Beamten eigentlich zu dem ganzen Glück? Haben sie sich »menschenverachtender Zuschreibungen in Schrift und gesprochenem Wort« schuldig gemacht, dass man sie ihnen jetzt austreiben muss?

Das ist nicht bekannt. Warum dann diese massive Belehrung? Die Polizeipräsidentin sollte sich dazu äußern.

Weshalb werden die Kollegen unter Generalverdacht gestellt? Das darf die Dienstherrin nicht tun, es sei denn, es gäbe eine Begründung dafür, aber die wird nicht geliefert.

30.10.2022, 18:02 UHR

WAS GILT JETZT ALS VOLKSVERHETZUNG, WAS DARF MAN NOCH SAGEN?

Wer ein Kriegsverbrechen oder einen Völkermord leugnet oder verharmlost, kann künftig bestraft werden. Die Freiheit der Meinung, der Rede und der Wissenschaft wird eingeschränkt. Das ist furchtbar gefährlich.

Am späten Abend des 20. Oktober änderte der Bundestag das deutsche Strafgesetzbuch. Der Paragraf für Volksverhetzung (130) wurde durch einen fünften Absatz ergänzt.

Diese Änderung wurde ohne Anhörung von Experten durchgewunken und fand in der Öffentlichkeit sehr wenig Beachtung. Das ist seltsam, denn die Folgen können erheblich sein.

Nun wird nämlich derjenige mit bis zu drei Jahren Gefängnis bestraft, der ein Kriegsverbrechen oder einen Völkermord oder ein Verbrechen gegen die Menschlichkeit leugnet oder »gröblich verharmlost«.

Für diese Gesetzesänderung stimmten SPD, Grüne, FDP und CDU, dagegen sprachen sich Linke und AfD aus. Bisher war es nicht verboten, falsche Behauptungen über politische oder historische Zusammenhänge zu verbreiten.

Die einzige Ausnahme bildete das Leugnen des Holocaust. Seit 1994 darf man nicht mehr straflos behaupten, es habe den Mord an den europäischen Juden durch die Nationalsozialisten nicht gegeben.

Der Holocaust ist eine klar umrissene und bewiesene historische Tatsache. Die Richter wissen also genau, was sie verurteilen müssen.

Anders verhält es sich mit der jetzigen Änderung des Strafgesetzbuches. In einem Krisengebiet oder einem Krieg ist es nicht immer eindeutig, um welche Art von Verbrechen es geht. Alle Seiten lügen, dass sich die Balken biegen, Desinformation gehört zum politischen Geschäft.

Im Krieg oder in Krisen müssen Journalisten und Wissenschaftler und alle anderen Beobachter ganz besonders kritisch nachfragen, sonst sitzen sie der offiziellen Propaganda auf. Künftig aber müssen sie fürchten, dass ihre Kritik strafbar ist.

Denn wer jetzt etwa ein Kriegsverbrechen in Frage stellt, weil er meint, dass ihm die Beweise fehlen, kann wegen Verharmlosung oder Leugnen verurteilt werden, auch wenn noch gar nicht bewiesen ist, ob es sich wirklich um ein Kriegsverbrechen handelt.

So schwammig ist der neue Paragraf ausgelegt. Dann muss der Amtsrichter entscheiden, was wahr ist und was nicht. Der aber ist dazu gar nicht in der Lage.

Abgesehen von dieser Unklarheit ist es fragwürdig, ob der Staat Leugnen und Verharmlosen überhaupt unter Strafe stellen darf. Das ist im Land der freien Meinungsäußerung, in dem wir leben, eigentlich unmöglich. Das ist genauso unmöglich, als wollte man das Lügen verbieten.

Wenn der Staat es dennoch tut, so glaubt er, im Besitz der Wahrheit zu sein. Ein Ministerium für Wahrheit aber gibt es nur in der Diktatur. George Orwell hat es in seiner düsteren Vision (»1984«) beschrieben.

Wo also geht die Reise hin mit dem neu gefassten Paragrafen für Volksverhetzung? Wird die Freiheit der Meinung, der Rede und der Wissenschaft weiter eingeschränkt? Davon müssen wir ausgehen, und das ist furchtbar gefährlich.

Dabei wird der Protest der Anwohner in einer derart brutalen Art und Weise übergangen, wie man es nicht für möglich gehalten hätte. Auch vollkommen neue Sozialwohnungen, errichtet von der öffentlichen Hand, werden inzwischen für Asylbewerber rekrutiert. Das ist angesichts der extremen Wohnungsnot in Berlin ein heikles Spiel.

ASYL: AUF DEM RÜCKEN DER ANDEREN

Deutschland hat seit 2015 ein Asylproblem? Da kann Berlin nur lachen: Illegale Migration gibt es hier schon seit den frühen 1980er Jahren. Die DDR ließ Palästinenser aus dem Libanon nach Schönefeld einfliegen, von dort wurden sie von der Volkspolizei zur S-Bahn gebracht. Sie fuhren zum Bahnhof Friedrichstraße und gelangten dort nach West-Berlin. Einreisekontrollen in Richtung Westen gab es nicht, denn die DDR ließ ja eigentlich niemanden ausreisen. Zivilpolizisten aus West-Berlin mussten die Palästinenser also abfangen und in die Erstaufnahmeeinrichtung bringen.

Anfang der 80er Jahre war ich jung, ich wusste alles besser und ich wollte allen Menschen helfen und die Welt retten. Als ich zufällig sah, wie die Polizisten zwei Palästinenser festnahmen, ging ich dazwischen, ohne zu wissen, was genau geschehen war. Die Situation ließ sich klären, aber von da an engagierte ich mich in der Flüchtlingshilfe. Und schon bald musste ich erkennen, was man als junger Mensch nicht so gern sieht: Dass die Dinge meist komplizierter sind, als man auf den ersten Blick wahrnimmt. Unter den Flüchtlingen waren junge Menschen in meinem Alter, die persönlich bedroht waren, es gab Familien, die dem Bürgerkrieg entkommen waren. Und darunter waren andere, die suchten das Glück im deutschen Sozialsystem. Sie kamen aus Gesellschaften, in denen die Stärkeren sich gnadenlos durchsetzen und jedes Mittel recht war, um sich einen Vorteil zu verschaffen. Ich traf Verzweifelte, Hoffnungsvolle, Kriminelle und Schlepper und einer der Flüchtlingsanwälte warnte mich: »Sei nicht so naiv.« Aus einigen dieser Einwanderer, die damals über die DDR kamen, entstanden die heutigen berüchtigten Clans in Berlin. Umso erstaunter war ich, als mein Land 20 Jahre später, also 2015 die Grenzen öffnete und alle Menschen hereinwinkte, die an die Grenze drängten.

Am 10. Mai 2024 wandte sich der Präsident des Berliner Landesamtes für Flüchtlinge (LAF), Mark Seibert, mit einem Hilferuf an die Öffentlichkeit . Er erklärte, dass Berlin nunmehr keine weiteren Asylbewerber aufnehmen könne, es gebe weder Unterkünfte noch Personal, um den Ansturm zu bewältigen. In einem Interview mit der Nachrichtenagentur dpa sagte er, das LAF habe 2023 die Zahl der Plätze für Asylbewerber auf 44 000 gegenüber dem Vorjahr verdoppelt. Bis Jahresende 2023 werde man 50 000 Plätze schaffen müssen. Das sei praktisch nicht zu machen. In der Not habe sein Amt bereits 2500 Menschen in Hotels untergebracht. Die Verträge werde man trotz hoher Kosten verlängern.

Der Hilferuf des LAF-Präsidenten verhallte ungehört, denn es war nicht der erste dieser Art. Auch die Sozialsenatorinnen des rot-grün-roten und des nachfolgenden schwarz-roten Senats hatten regelmäßig davor gewarnt, dass Berlin keine Asylbewerber mehr aufnehmen könne. Auch diese Warnungen hatten keinerlei Wirkung. Der Senat errichtete stattdessen gewaltige Zeltstädte auf den Rollfeldern der ehemaligen Flughäfen Tempelhof und Tegel. Außerdem wurde angekündigt, 16 neue Containerdörfer anzulegen, irgendwo in den Bezirken, die darüber keine Information erhielten. Gleichzeitig wird in Berlin der Bau der sogenannten »Modularen Unterkünfte für Flüchtlinge« (MUF) vorangetrieben, der schon mehr als eine Milliarde Euro verschlungen hat, bezahlt aus dem defizitären Berliner Landeshaushalt. Die MUFs sind Plattenbauten, die nach Sonderbaurecht irgendwo hingesetzt werden dürfen, wo sonst niemand bauen darf. Dabei wird der Protest der Anwohner in einer derart brutalen Art und Weise übergangen, wie man es nicht für möglich gehalten hätte. Auch vollkommen neue Sozialwohnungen, errichtet von der öffentlichen Hand, werden inzwischen für Asylbewerber rekrutiert. Das ist angesichts der extremen Wohnungsnot in Berlin ein heikles Spiel.

Wer jetzt gedacht hätte, dass die regierenden Parteien die Sorge der Menschen wirklich ernst nehmen und dafür sorgen, dass der Zuzug gestoppt wird, der hat sich geirrt. Die regierende SPD beschloss im Sommer 2023, dass Europa keine »Festung« sein dürfe und verlangte, dass noch mehr illegale Einwanderer aufgenommen werden. Die CDU wiederum, die den Regierenden Bürgermeister Kai Wegner stellt, zeigt mit dem Finger auf die Bundesregierung und die EU-Kommission, die bitte die Zuwanderung begrenzen sollen. Berlin ist überfordert und niemand fühlt sich verantwortlich. Und ich denke an den Flüchtlingsanwalt, der mir vor fast vierzig Jahren sagte: »Sei nicht so naiv.«

05.10.2022, 18:27 UHR

VOR ZEHN JAHREN BEGANN IN BERLIN DER KAMPF UM DIE OFFENEN GRENZEN

Vor zehn Jahren besetzten Flüchtlinge und Aktivisten den Oranienplatz in Kreuzberg. Ihre Forderungen galten damals als radikal, heute werden sie von der Politik übernommen.

Auf dem Oranienplatz in Kreuzberg ist ein »Kulturfestival« zu sehen (5. bis 9. Oktober). Es gibt »Podiumsdiskussionen, Konzerte, Fotoausstellungen und Performances«.

Der Zweck ist hochpolitisch. Linke Aktivisten kommen zusammen, um »gemeinsam an die Kämpfe geflüchteter Personen zu erinnern« und das eigene »Bestehen zu zelebrieren«.

Tatsächlich gibt es für die Politgruppen viel zu feiern, denn vom Oranienplatz ging vor genau zehn Jahren die Idee aus, dass Deutschland seine Grenzen öffnen, Migranten in unbegrenzter Zahl aufnehmen und niemanden mehr abschieben sollte.

Es war am 6. Oktober 2012. Etwa 70 Migranten und rund 100 politische Aktivisten kamen nach einem Fußmarsch von angeblich 600 Kilometer Länge aus Süddeutschland in Berlin an.

Sie belagerten vorübergehend das Brandenburger Tor und ließen sich dann auf dem Oranienplatz in Kreuzberg nieder. Sie bauten Zelte auf und stellten vier Forderungen.

Erstens »das Bleiberecht für alle«, zweitens sollten sich Migranten nicht mehr an dem Ort aufhalten müssen, an dem ihr Asylantrag bearbeitet wird (Aufhebung der Residenzpflicht). Drittens sollten Asylbewerber nicht mehr in Gemeinschaftsunterkünften, sondern individuell untergebracht werden und viertens nur Bargeld und keine Wertgutscheine zum Einkauf von Lebensmitteln erhalten.

Im Dezember 2012 besetzten die Flüchtlinge und Aktivisten auch noch die leer stehende Gerhart-Hauptmann-Schule. Dort lebten dann immer mehr »Menschen aus Lampedusa«, wie sie sich bezeichneten, vollkommen ohne Kontrolle und Aufenthaltsrecht. Erst im April 2014 zogen die Besetzer aus der Schule und vom Oranienplatz ab, nach endlosen Verhandlungen mit dem Senat.

Der damalige Innensenator Frank Henkel (CDU) hatte eine Räumung zuvor abgelehnt, die damalige Sozialsenatorin Dilek Kolat (SPD) sagte den Besetzern die prinzipielle Unterstützung ihrer Forderungen zu.

Jetzt hatte sich die Stimmung gedreht, die Medien schlugen sich immer stärker auf die Seite der Aktivisten. Ein Jahr und vier Monate später hatte diese Stimmung die Politik erreicht, auf oberster Ebene: Als im September 2015 eine Massenwanderung über die Balkanroute einsetzte, wich die damalige Bundeskanzlerin Angela Merkel (CDU) zurück, schaffte die Grenzkontrollen ab und hieß jeden Einwanderer willkommen, egal ob er einen Asylgrund hatte oder nicht.

Wiederum ein Jahr und drei Monate später, im Dezember 2016, wurde in Berlin der erste rot-rot-grüne Senat gewählt und beschloss, ausreisepflichtige abgelehnte Asylbewerber in der Regel nicht mehr abzuschieben, ausgenommen im Falle von schweren Straftaten.

Dieser Praxis schloss sich die Ampel-Bundesregierung dann 2021 weitgehend an. Und in diesem Jahr erreicht die unkontrollierte Zuwanderung ganz neue Dimensionen.

So kann eine kleine, aber radikale Bewegung ein ganzes Land verändern. Die große Mehrheit hat diesem Weg nie zugestimmt, sie wurde aber auch gar nicht mehr gefragt.

06.09.2023, 18:10 UHR

BERLINS SPD FÜR NOCH MEHR ILLEGALE EINWANDERUNG

Berlins SPD-Vorstand fordert offene Grenzen, obwohl es keine festen Unterkünfte mehr gibt, sondern nur noch Zelte. Das ist nicht nur weltfremd, sondern unredlich.

Die deutschen Städte und Kommunen können keine weiteren Flüchtlinge und Migranten mehr unterbringen. Brandbriefe werden an den Bundeskanzler gesandt. Die Innenminister der EU beraten über die Sicherung der Außengrenze. Die Krise ist groß.

Doch die Berliner SPD bleibt davon unberührt und geht auf Gegenkurs: In einem Beschluss des Landesvorstandes vom Dienstag mit dem Titel »Keine Festung Europa« fordern die Sozialdemokraten offene Grenzen für alle.

Sie wenden sich gegen »eine Politik der Abschottung«. Außerdem dürften »Aktivist*innen der zivilen Seenotrettung« nicht länger »kriminalisiert« werden.

Der Berliner SPD-Vorstand fordert eine »europäisch koordinierte und finanzierte Seenotrettung«. Die EU-Länder sollen im Mittelmeer Schiffe einsetzen und Migranten von den Schlauchbooten aufnehmen.

Auch Abschiebungen abgelehnter Asylbewerber lehnt die Berliner SPD-Spitze ab. Es sollen auch keine Rückführungsabkommen mit den Herkunftsländern geschlossen werden.

Dem SPD-Landesvorstand, der diese Forderungen stellt, gehören Franziska Giffey und Raed Saleh an, außerdem die Senatorinnen Ina Czyborra (Wissenschaft) und Cansel Kiziltepe (Soziales).

Anfang August sagte Frau Kiziltepe ganz klar, dass Berlin keine weiteren Migranten mehr aufnehmen kann, dass es keine festen Unterkünfte mehr gibt, sondern nur noch Zelte. Sie verlangte deshalb die Umverteilung von mehr Flüchtlingen aus Berlin auf die anderen Bundesländer, die sofort ablehnten.

Jetzt ruft sie danach, noch mehr Migranten ins Land zu lassen, obwohl sie weiß, dass Berlin nicht noch mehr Menschen unterbringen kann. Aber nicht nur sie, sondern auch die vernünftig wirkende Frau Giffey und Raed Saleh, der sich gerne staatsmännisch gibt, fassen diesen Beschluss.

Merken sie denn gar nicht, was geschieht? Seit Jahresbeginn sind mehr als 71 000 Menschen unerlaubt nach Deutschland eingereist. Das sind knapp 58 Prozent mehr als im Vergleichszeitraum 2022 und 145 Prozent mehr als 2021. Im August wurden 15 000 Asylbewerber aufgegriffen, 40 Prozent mehr als im Juli, aktuell sind es täglich mehr als 600.

»Wir haben die Kontrolle über die illegale Migration verloren«, sagte Brandenburgs Innenminister Michael Stübgen (CDU) am 17. August. Ministerpräsident Dietmar Woidke (SPD) fordert Kontrollen an der polnischen Grenze, um Asylbewerber zurückzuweisen. So beurteilt die Regierung unseres Nachbarlandes die Lage.

Die Berliner SPD kümmert es nicht. Der Beschluss des Landesvorstandes ist so radikal, dass er von den Grünen oder den Linken stammen könnte.

Die Forderungen sind nicht nur weltfremd, sondern auch unredlich. Die Spitzenpolitiker der SPD, Giffey, Saleh, Kiziltepe und Czyborra, die noch mehr unkontrollierte Einwanderung ermöglichen wollen, können nicht sagen, wie sie die Menschen, die dann ins Land kommen, unterbringen. Das spottet jeder Beschreibung.

Wer sich so verantwortungslos verhält, der kann nicht regieren, der gehört bestenfalls in die Opposition.

12.01.2020, 17:22 UHR

NANU? PANKOW ERSETZT EINBÜRGERUNGSFEIER DURCH EINEN »BALL DER VIELFALT«

Das Bezirksamt heißt die neuen Staatsbürger willkommen. Doch mit dem Programm feiern die Bezirkspolitiker in erster Linie sich selbst und ihre Weltoffenheit.

In Berlin wurden im vergangenen Jahr 6878 Ausländer eingebürgert. In Pankow waren es 378.

Die Bezirksämter verleihen die Einbürgerungsurkunden mit einem Festakt, zu dem die neuen Staatsbürger ins Rathaus geladen werden. Der Bürgermeister hält dort eine Rede, die Nationalhymne erklingt.

Der Bezirk Pankow will neue Wege gehen und ersetzt diese Art der Feier durch einen »Ball der Vielfalt«. Der soll am 24. Januar im Rathaus Pankow steigen.

»Bezirksbürgermeister Sören Benn möchte mit diesem Festakt ein Zeichen setzen für ein weltoffenes Pankow, das Diversität und Einwanderung als Bereicherung anerkennt«, teilte das Bezirksamt dazu mit.

Der Ball wird von Migrantenorganisationen, Frauennetzwerken, Homosexuellenverbänden und »inklusiven Projekten« ausgerichtet. Um 19 Uhr gibt es ein Grußwort von Schauspielerin Jasmin Tabatabai und ab 20 Uhr »Musik und Tanz auf mehreren Bühnen«.

Die Musikerin Djane Masta Sai »mischt Dari, 3arabi, Kurdi, Farsi, Hindi, Turki, Pshto, Latin, Urdu mit Afro & Hiphop dance vibes«. Die »Los Tamalitos« spielen »alte kubanische Musik«. Die Gruppe »Altar Berlin« sorgt »für die Bewusstwerdung (…) über das kulturelle Kapital, das die Menschen in die Stadt bringen«. Und in der Ausstellung »Was uns bewegt« zeigen »Zwanzig Frauen und ein Mann aus neun Ländern« Bilder über das, was sie bewegt.

»Vielfalt bezieht sich nicht nur auf die Nationalität«, schreibt Bürgermeister Benn in einer Pressemitteilung. Deshalb habe man ein Fest organisiert, »das Vielfalt in jeglicher Hinsicht sichtbar macht.«

Da hat der Bürgermeister recht: Vielfalt bezieht sich nicht nur auf die Nationalität. Das bezweifelt niemand. Bei einer Feier zur Einbürgerung aber geht es natürlich nur um die Nationalität und nicht um sexuelle Orientierung, Frauenrechte oder Menschen mit Behinderung.

Wenn wir die Einbürgerung feiern, dann feiern wir, dass wir jetzt zusammen gehören, dass aus Ausländern im Sinne der Staatsangehörigkeit Deutsche wurden.

Mit dem Ball der Vielfalt dagegen will man den Ausländern zeigen, dass sie Teil eines weltoffenen Landes werden. Aber das muss man ihnen nicht zeigen, das wissen sie ja schon, sonst hätten sie den deutschen Pass nicht beantragt.

Es sieht so aus, als wollten die Pankower Politiker mit dem Ball ihre eigene Weltoffenheit feiern. Das Programm ist eine Promenadenmischung politisch motivierter Aktivistengruppen.

Die Eingebürgerten werden sich wundern. Anstatt als neue Staatsbürger gefeiert zu werden, finden sie sich als Kulisse für eine Selbstinszenierung des Bezirksamtes wieder.

10.11.2021, 18:31 UHR

SENATORIN FÜR INTEGRATION EHRT AKTIVISTEN, DER GEGEN INTEGRATION KÄMPFT

Ein Sozialarbeiter will Abschiebungen verhindern und bezeichnet die deutsche Gesellschaft als rassistisch, in die sich Migranten deshalb nicht integrieren sollten. Dennoch bekommt er den Verdienstorden. Das ist absurd.

Der Berliner Sozialarbeiter Mohammed Jouni (36) ist am Montag mit der Verdienstmedaille des Verdienstordens der Bundesrepublik Deutschland ausgezeichnet worden. Die Senatorin für Integration, Elke Breitenbach (Linke), überreichte die Medaille und hielt die Laudatio auf Jouni.

Er sei »ein Vorbild und ein Kämpfer«, sagte sie, sein Engagement zeuge von »ungeheurem Mut und großer Stärke«. Jouni, der mit 12 Jahren aus dem Libanon nach Berlin kam, gründete den Verein »Jugendliche ohne Grenzen«, der gegen die Abschiebung abgelehnter und ausreisepflichtiger Asylbewerber kämpft.

Der Verein setzt sich nach eigener Auskunft gegen »Rassismus, Faschismus & antimuslimischen Rassismus« ein und für »das Rückkehrrecht für unsere abgeschobenen Freundinnen und Freunde«.

Mohammed Jouni wunderte sich über die Ehrung, die ihm zuteil wurde. »Es ist ja fast ein bisschen absurd, Menschen zu ehren, die dieser Gesellschaft den Spiegel vorhalten«, sagte er in einem Interview mit der Tageszeitung »taz«.

Mit dieser Spiegelung meint er seine spezielle politischen Ansichten. Jouni wendet sich gegen die Integration von Ausländern in Deutschland. »Ich muss mich nicht in eine rassistisch strukturierte Gesellschaft einfügen«, sagt er. Und nicht in einen Staat, der »Menschen in Lagern unterbringt«.

Wir wissen nicht, was Mohammed Jouni dazu gebracht hat, eine derart negative Haltung gegenüber dem Land zu entwickeln, in dem er aufgewachsen ist und lebt. Wahrscheinlich ist seine Geschichte es wert, gehört zu werden, ausgezeichnet werden muss er für seine Haltung aber nicht und schon gar nicht von der Senatorin für Integration, da er ja gegen Integration kämpft. Das ist absurd.

Frau Breitenbach würdigte in ihrer Laudatio auch ausdrücklich Jounis Widerstand gegen die Abschiebung abgelehnter und ausreisepflichtiger Migranten. Sie sagte: »Seine Geschichte zeigt: Migrationsrecht ist veränderbar.«

Nun gibt es zwar ein Asylrecht, ein Recht auf Migration aber gibt es nicht. Was meinte Frau Breitenbach? Ihr Sprecher ließ unsere Frage unbeantwortet.

Das deutsche Asylrecht wird gerade in Berlin sehr großzügig ausgelegt. Wenn ein Asylbewerber abgelehnt wird, muss er ausreisen, so will es das Gesetz.

Wenn Breitenbach einen Mann ehrt, der das Aufenthaltsrecht ausdrücklich nicht respektiert, dann erweckt sie den Eindruck, selbst das Gesetz zu missachten. Sie hat sich in den letzten fünf Jahren dafür eingesetzt, dass möglichst alle abgelehnten Asylbewerber in Berlin bleiben können, auch wenn sie ausreisepflichtig sind.

Der Aktivist Jouni spielt ihrer Politik in die Hände. Wenn Breitenbach seinen Verein lobt, unterstützt sie ihre eigenen Ziele, die darauf ausgerichtet sind, möglichst viele Einwanderer im Land zu lassen, auch wenn sie kein Aufenthaltsrecht haben. Das ist vollkommen abwegig, denn das Asylrecht ist doch gerade dafür da, Menschen in Not von anderen zu unterscheiden. Wer dieses Recht aufweicht oder untergräbt, schadet allen.

07.02.2023, 18:29 UHR

FLÜCHTLINGSHELFER BESCHIMPFT DEUTSCHE ALS »WEISSBROT«, WARUM?

Der Streit zwischen Axel Steier und Hans-Georg Maaßen ist ein Lehrstück dafür, wie in der Öffentlichkeit mit zweierlei Maß gemessen wird.

Hinter dem »Fall Maaßen« steckt der »Fall Steier«. Hans-Georg Maaßen war Präsident des Bundesamtes für Verfassungsschutz und wurde 2018 entlassen. Jetzt soll er aus der CDU ausgeschlossen werden, weil er sich extremistisch geäußert habe.

Anlass für den Zorn der Parteiführung ist Maaßens Reaktion auf Axel Steier. Der führt den Verein »Mission Lifeline« und nimmt mit einem Schiff Flüchtlinge und Migranten im Mittelmeer auf. Steier twitterte am 17. Dezember 2022, »irgendwann« werde es »keine Weißbrote mehr geben«. Damit meinte er deutsche Staatsbürger mit weißer Hautfarbe.

Wie wird es dazu kommen? Dazu schrieb er: »Die Enthomogenisierung der Gesellschaft schreitet voran. Ich unterstütze das mit meiner Arbeit.« Der Senotretter Steier meint offenbar, dass sich durch die Aufnahme von Migranten aus Ländern außerhalb Europas die deutsche Gesellschaft mischt und es deshalb irgendwann keine weißen Deutschen mehr gibt.

Daraufhin platzte also Hans-Georg Maaßen der Kragen und er behauptete, »die treibenden politischen Kräfte« in Deutschland würden einen »eliminatorischen Rassismus gegen Weiße« fördern und seien von dem »brennenden Wunsch« erfüllt, »dass Deutschland verrecken möge«. Steier habe dieses Ziel in Worte gefasst.

Also zurück zu Axel Steier: Wir wollten von ihm wissen, was er mit seinem Tweet sagen möchte. Doch leider blieb er uns eine Antwort schuldig, obwohl wir die Fragen schriftlich an ihn gerichtet hatten.

Schade, denn das Bild ist ja getrübt: Da fährt einer zur See, um Menschenleben zu retten, dann aber sagt er, es gehe ihm eigentlich um ein anderes Deutschland, in dem es keine »Weißbrote« mehr gibt. Auch für Menschen auf der Flucht müssen sich diese Äußerungen merkwürdig anhören. Rettet Steier die Flüchtlinge und Migranten nur, um seine Abneigung gegen Deutschland auszuleben?

Die Flüchtlingshelfer auf den Booten im Mittelmeer genießen hohes Ansehen und bekommen viele Spenden, sie werden von den Kirchen unterstützt. Sie sind deshalb durchaus rechenschaftspflichtig und müssen Fragen, wie sie von der B.Z. gestellt wurden, beantworten.

Maaßen übertreibt grenzenlos, wenn er von einem »eliminatorischen Rassismus gegen Weiße« spricht. Er benutzt provozierend den Begriff »eliminatorisch«, der im Zusammenhang mit dem Völkermord an den europäischen Juden durch die Nationalsozialisten gebraucht wird. Deshalb wirft man ihm nun eine Verharmlosung des Holocaust vor.

Aber auch Steier scheint auf Abwege geraten zu sein und hält es noch nicht einmal für nötig, seine irritierenden Twitter-Worte zu erklären. Während Maaßen zur Persona non grata erklärt und in die Wüste geschickt wird, stört sich niemand an dem Ausfall von Axel Steier.

Die Reaktion der Öffentlichkeit auf die Kontrahenten ist mehr als unausgewogen. Wer Maaßen verurteilt, sollte auch Steier seine Meinung sagen.

23.08.2023, 17:48 UHR

ARABISCHE CLANS SIND ERGEBNIS FALSCHER ASYLPOLITIK

Schon vor 40 Jahren gelang es nicht, die illegale Migration zu stoppen. Das hatte verheerende Folgen. Die Politiker haben aus den Fehlern von damals nicht gelernt und wiederholen sie heute.

Deutschland ist nicht in der Lage, die illegale Einwanderung zu beenden, obwohl die meisten Asylbewerber gar keinen Anspruch auf Asyl haben.

Berlin ist aktuell besonders stark betroffen: Von Januar bis August kamen mehr als 12 000 Asylbewerber von Polen aus über die Grenze. Das sind 168 Prozent mehr als im Vorjahr. Sie werden von der Regierung in Weißrussland gezielt eingeschleust.

Ganz ähnlich war es schon vor 40 Jahren. Damals half die DDR beim Schleusen. Libanesen, Kurden und Palästinenser flogen mit »Interflug« über Beirut oder Zypern nach Schönefeld. Sie bekamen ein Durchreisevisum und brauchten keinen Pass.

Von Schönefeld wurden die Migranten mit dem Bus zum damaligen Grenzübergang Friedrichstraße gefahren und reisten dort nach Berlin-West aus. Mit der U6 kamen sie am Halleschen Tor an und stellten einen Asylantrag.

Allein im Jahr 1983 kamen rund 50 000 Asylbewerber auf diese Weise nach Berlin. Nur »jeder 250. Antragsteller« werde »als politisch Verfolgter anerkannt«, schrieb das Nachrichtenmagazin »Spiegel« am 21. September 1986. Dennoch wurden die abgelehnten Asylbewerber nicht abgeschoben, das verlangte nur der damalige CDU-Fraktionschef Klaus Landowsky, konnte sich aber nicht durchsetzen. Im März 1985 wandte sich die Bundesregierung mit der Bitte an die DDR, die Einreise über Schönefeld zu unterbinden. Doch die DDR lehnte ab.

Die Libanesen, Kurden und Palästinenser, die kein Asyl bekamen, durften mit einer Duldung in Berlin bleiben, aber nicht arbeiten. Das war der zweite große politische Fehler nach dem Verzicht auf Abschiebung. Denn nun entwickelte sich eine Parallelgesellschaft, aus der schließlich die Clans hervorgingen.

Nach der Definition des Bundeskriminalamtes (BKA) ist ein Clan eine »ethnisch abgeschottete Subkultur« mit patriarchalischer Organisation, die einer »eigenen Werteordnung« jenseits des deutschen Gesetzes folgt.

Von diesen Clans gibt es heute viele, die vier größten tragen die Namen »Abou-Chaker«, »Miri«, »Remmo« und »Al-Zein«. Es handelt sich um eine Mafia, wie es sie zuvor in Berlin nie gegeben hat. Polizei und Justiz haben größte Mühe, die schwere organisierte Kriminalität in Schach zu halten.

Diese katastrophalen Zustände sind Ergebnis einer Asylpolitik, die schon vor 40 Jahren falsch und unentschlossenen war. Damals wie heute wurde Deutschland Opfer einer illegalen Einwanderung, die aus dem Ausland gesteuert war, damals aus der DDR, heute zum Beispiel aus Minsk. Neue Clan-Strukturen wachsen bereits nach, wie bei den Tschetschenen in Brandenburg.

Es wäre nur selbstverständlich, wenn die amtierenden Politiker heute aus den Fehlern von damals lernen würden. Aber das tun sie nicht, sie wiederholen die Fehler von damals. Die Folgen für unser Land werden erheblich sein.

11.06.2023, 17:05 UHR

GRÜNE WOLLEN HOTELS FÜR FLÜCHTLINGE KAUFEN, ABER WARUM NUR FÜR SIE?

Die Wohnungsnot betrifft in dieser Stadt nicht nur Asylbewerber, sondern auch viele andere Menschen. Das haben die Grünen offenbar vergessen.

Die Grünen wollen mit Steuergeldern Hotelgebäude ankaufen, um dort Asylbewerber unterzubringen. Dazu verfasste die frühere Senatorin und jetzige Fraktionsvorsitzende Bettina Jarasch eine »gemeinsame Erklärung« mit drei grünen Bezirksbürgermeistern.

Dort heißt es: »Wir schlagen u.a. vor, Hostels und Hotels nicht nur anzumieten, sondern zu kaufen und dauerhaft zu Unterkünften umzubauen.«

Unterschrieben haben neben Frau Jarasch die Bürgermeister Jörn Oltmann (Tempelhof-Schöneberg), Stefanie Remlinger (Mitte) und Clara Herrmann (Friedrichshain-Kreuzberg). Zur Begründung schreiben die vier grünen Spitzenpolitiker, in der Innenstadt fehle es an Flächen, um neuen Wohnraum für Asylbewerber zu schaffen.

Sie schlagen außerdem vor, »geflüchtete Familien verstärkt in innerstädtischen Wohnungsbeständen der Wohnungsbaugenossenschaften« einzuquartieren.

Die Forderung der Grünen lässt natürlich sofort mehrere Fragen aufkommen.

- Erstens: Welche genossenschaftlichen Wohnungen meinen sie? Es sind doch gar keine frei!
- Zweitens: Warum verlangen sie Hotels als Unterkunft nur für Asylbewerber, nicht aber für die übrige Bevölkerung? Die

Wohnungsnot ist ja allenthalben sehr groß, das sollte sich auch bei den Grünen herumgesprochen haben.

Sie geben ein falsches Versprechen. Sie rufen nach offenen Grenzen und winken immer mehr Migranten ins Land. Doch sie können die vielen Menschen nicht unterbringen, das wissen insbesondere die drei genannten Bürgermeister. Also rufen sie nach dem Ankauf von Hotels.

- Drittens die Frage, mit welchem Geld die Hotels angekauft und betrieben werden sollen? Auch dazu äußert sich Frau Jarasch nicht. Sie lebt entrückt. In ihrer Welt regnet das Geld vom Himmel.

Als Senatorin bezog sie 14703 Euro brutto im Monat. Als Fraktionsvorsitzende stehen ihr monatlich 7910 Euro brutto zu, dazu eine 2779 Euro steuerfreie Kostenpauschale und 6930 Euro für Mitarbeiter. Ihr Ehemann bezog als Abteilungsleiter beim RBB bisher 150897 Euro brutto pro Jahr, ab diesem Jahr 136741.

Bei einem solchen Familieneinkommen denkt man nicht mehr über Geld nach. Wer so zur finanziellen Elite gehört, der fordert den Ankauf von Hotels, ohne sich darüber Gedanken zu machen, womit die eigentlich bezahlt werden sollen.

Und genau das ist eben das Problem der Grünen, wenn sie sich zum Moralapostel aufschwingen und behaupten, sie hätten als einzige ein gutes Herz, während alle anderen das ihre vor dem Elend der Flüchtlinge verschließen.

Das stimmt nicht, die Menschen in diesem Land sind hilfsbereit, die Gesetzgebung ist großzügig. Nirgends in Europa haben es Asylbewerber besser als hier.

Aber es ist eben das Ende der Fahnenstange erreicht, das wissen alle. Auch die Grünen wissen es, aber sie leugnen es. Was sie sagen ist bigott und scheinheilig und einfach nicht ehrlich.

15.08.2021, 19:44 UHR

BRAUCHEN ASYLBEWERBER GLEICH BEI DER ANKUNFT BARGELD AUF DIE HAND?

Es besteht der begründete Verdacht, dass Sozialleistungen systematisch und in großem Umfang in die falschen Hände geraten. Rot-Rot-Grün will daran aber offenbar nichts ändern.

In Berlin bekommen Menschen aus dem Ausland Bargeld auf die Hand, wenn sie Asyl beantragen, egal, ob sie asylberechtigt sind oder nicht.

Die CDU will das ändern und anstatt Bargeld Sachleistungen zur Verfügung stellen, Rot-Rot-Grün geht auf diese Forderung nicht ein.

Das Thema ist nicht neu, geriet aber Anfang August erneut in die Schlagzeilen, als bekannt wurde, dass sich am Ankunftszentrum für Asylbewerber Szenen abspielen, die auf Asylmissbrauch hinweisen.

Das Ankunftszentrum in der Oranienburger Straße 285 in Reinickendorf wird vom Landesamt für Flüchtlinge (LAF) betrieben. Zwei LAF-Mitarbeiterinnen teilten Sozialsenatorin Elke Breitenbach (Linke) in einem internen Schreiben mit, dass Menschen aus der Republik Moldau offenbar vom Geld für Asylbewerber angelockt werden.

Großfamilien würden bei ihrer Ankunft bis zu 4500 Euro in bar bekommen. Wörtlich heißt es in dem Schreiben: »Die Freude darüber ist enorm und es wird umgehend jeder Bekannte kontaktiert, um darüber zu berichten.«

Dazu schickten die LAF-Mitarbeiterinnen Fotos an Senatorin Breitenbach, die belegen, wie die Moldawier aus Kleinbussen direkt vor dem Ankunftszentrum abgesetzt werden: »Es wird vermutet, dass es sich hier um organisierten und von den Nutzern:innen bezahlten Transport handelt.«

Die Polizei bestätigte den Verdacht: Es gebe Hinweise auf Schleuserkriminalität. Der Sprecher des LAF, Sascha Langenbach, weist auf die Ankunftszeit der moldawischen Asylbewerber hin: »Viele dieser Antragssteller kommen zwischen drei und vier Uhr morgens. Das ist ungewöhnlich.«

Aktuell treffen bis zu 200 Asylbewerber pro Tag in Berlin ein, 60 Prozent davon kommen aus der Republik Moldau. Die Moldawier bekommen generell kein Asyl. Das wissen sie offenbar und reisen mit dem Bargeld wieder nach Hause. Ein Antragsteller sagte vor dem Ankunftszentrum zur B.Z.: »Meine Frau ist im Gebäude und beantragt Asyl. Für zwei Monate bekommen wir 900 Euro, danach fahren wir zurück.«

Viele kommen dann offenbar wiederholt nach Berlin. LAF-Präsident Alexander Straßmeir bestätigte, dass einige der Moldawier bereits den vierten Asylantrag gestellt hätten, nachdem sie bereits dreimal abgelehnt worden seien.

Wegen der Corona-Regeln wird jetzt besonders viel Bargeld ausgezahlt. Die Summe für drei Monate gibt es im Voraus, damit sich nicht zu viele Menschen im Ankunftszentrum einfinden. Die Berliner Morgenpost berichtet, dass Asylbewerber zusätzlich zu den Sozialleistungen auch noch eine Corona-Zulage in Höhe von 300 Euro pro Person bekämen und, wenn sie Kinder haben, auch Geld für Tablets und Laptops.

Der CDU-Fraktionsvorsitzende Burkhard Dregger hat wiederholt gefordert, dass kein Bargeld mehr ausgezahlt werden dürfe. Das ist natürlich der richtige Vorschlag. In Bayern bekommen Asylbewerber Sachleistungen oder Wertgutscheine zum Einkauf von Lebensmitteln.

In Berlin wird eine solche Regelung nur von CDU und AfD verlangt, alle anderen halten sie für diskriminierend. Aber warum eigentlich? Ist es nicht die erste Pflicht der Politik zu verhindern, dass unser Steuergeld in die falschen Hände gerät?

23.03.2018, 06:09 UHR

WENN ES UM FLÜCHTLINGE GEHT, WIRD DIE BÜRGERBETEILIGUNG KLEINGESCHRIEBEN

Am Beelitzhof 24 in Nikolassee errichtet der Senat einen Plattenbau für 480 Migranten und Flüchtlinge. 180 Nachbarn leben drumherum. Sie wurden nicht gefragt und sind zu Recht empört.

Der Senat will bis zum Jahr 2021 an insgesamt 25 Standorten sogenannte »Modulare Unterkünfte für Flüchtlinge« bauen lassen, die im Behördenjargon »MUF« genannt werden. Es handelt sich um Plattenbauten, die in kurzer Zeit errichtet werden können.

Die Anwohner erfahren meist sehr spät oder gar nicht davon, dass in ihrer direkten Nachbarschaft eine solche Unterkunft geplant wird.

Das ist erstaunlich, denn die rot-rot-grünen Politiker, die uns regieren, reden ja wie kein anderer darüber, dass man die Bürger an den politischen Entscheidungen beteiligen soll.

Am Beispiel einer geplanten Unterkunft in Nikolassee kann man aber erkennen, dass die Bürgerbeteiligung plötzlich ganz kleingeschrieben wird, wenn es um Flüchtlinge und Migranten geht.

An der Straße am Beelitzhof 24 soll eine Modulare Unterkunft für 450 Migranten und Flüchtlinge entstehen. Es werden zwei fünfgeschossige Plattenbauten und ein flaches Eingangsgebäude aus insgesamt 750 Fertigteilen errichtet.

Das Gelände gehörte den Wasserbetrieben. Hier konnten die Mitarbeiter Fußball und Tennis spielen. Die Wasserbetriebe verkauften es an den Senat, der dort ursprünglich Container für

220 Bewohner aufstellen wollte, »nur vorübergehend«, wie es hieß.

Plötzlich wurde aus der vorübergehenden Unterkunft für 220 Menschen eine dauerhafte für 480. Das Landesamt für Flüchtlinge lieferte die merkwürdige Begründung, am Beelitzhof 24 sei es wegen der nahe gelegenen Avus zu laut für dünnwandige Container. Man müsse deshalb ein »MUF« errichten, das besser vor Lärm schützt.

Diese Entscheidung wurde den Anwohnern am 22. Februar 2018 vom Staatssekretär im Sozialsenat, Daniel Tietze (Linke), auf einer Informationsveranstaltung mitgeteilt. »Wir hatten nicht das Gefühl, dass unsere Meinungen und Vorstellungen wirklich gefragt wären«, empörten sich die Nachbarn aus der Paul-Krause-Straße 6 in einem Brief an den Regierenden Bürgermeister Müller (SPD).

Etwa 180 Anwohner leben im direkten Umkreis der geplanten neuen »MUF« in Nikolassee. Ihnen werden 480 Neuankömmlinge vor die Nase gesetzt, von denen sie nicht wissen, um wen es sich handelt.

Von Bürgerbeteiligung ist nicht die Rede. Dabei ändert Rot-Rot-Grün ja gerade mit großem Trara die Bauordnung, auf dass künftig alle Anwohner informiert werden müssen, wenn in ihrer Nähe gebaut wird. Für die »MUFs« soll diese Regelung nicht gelten. Die errichtet man, ohne auch nur einen einzigen Nachbarn zu befragen.

Jeder normale Bürger muss für die kleinste Bautätigkeit stapelweise Genehmigungen und Gutachten einholen. Für eine »MUF« braucht man sie alle nicht.

Was sollen denn die Leute in Nikolassee denken, die mit einer solchen Ungleichbehandlung konfrontiert sind? Dass man sie nicht ernst nimmt, denken sie, dass sich in diesem Senat niemand für sie interessiert. Und genau so ist es ja auch.

13.07.2023, 19:11 UHR

JETZT WERDEN ALLE ASYLFEHLER VON 2015 WIEDERHOLT

Die Regierung verweigert Grenzkontrollen und verteilt die Migranten auf Kommunen, die sie nicht mehr aufnehmen können. Das Resultat ist ein einziges Chaos.

Der Landkreis Oder-Spree hat in Fürstenwalde eine Schulsporthalle beschlagnahmt, um dort Asylbewerber unterzubringen. Dagegen protestierten 150 Schüler vom Oberstufenzentrum »Palmnicken«, zu dem die Sporthalle gehört.

Die Schüler zogen am Montag durch Fürstenwalde. »Nicht schon wieder wir«, stand auf ihren Plakaten. Es sei »wie ein Schock«, sagte Schülerinsprecherin Skadi Jerominek, dass die Sporthalle gesperrt werde.

Am Oberstufenzentrum Palmnicken lernen 3000 Schüler und Auszubildende. Die Sporthalle wird nicht nur für den Schulunterricht, sondern auch für Arbeitsgemeinschaften genutzt.

Die Sozialdezernentin des Landkreises, Angelika Zarling, will die Halle dennoch beschlagnahmen. Es stünden keine anderen Unterkünfte mehr zur Verfügung, erklärte sie kurz.

Der Schülerprotest von Fürstenwalde erregte über den Landkreis hinaus keine Aufmerksamkeit. Das ist erstaunlich, denn es ist bisher noch nicht vorkommen, dass sich Schüler so deutlich dagegen gewehrt haben, dass man ihnen die Turnhalle wegnimmt.

Genau das sollte ja nie wieder geschehen, wie die Politiker nach den Jahren 2015 und 2016 einhellig versicherten, als überall Turnhallen gesperrt und mit Asylbewerbern belegt wurden.

Jetzt ist es doch wieder wie 2015 und alle Fehler werden wiederholt: Die Bundesregierung verweigert Grenzkontrollen und lässt die unkontrollierte Einwanderung geschehen. Allein im Juni reisten mehr als 7000 Menschen illegal über Polen und Tschechien ein.

Die Migranten werden auf die Kommunen verteilt, egal, ob dort Platz für die Unterbringung vorhanden ist oder nicht. Wieder heißt es auf der politischen Bühne: »Wir schaffen das, weil wir es schaffen müssen.« Doch die Kommunen schaffen es nicht.

»Es fehlen Unterkünfte und Wohnraum, Kitas und Schulen sind überlastet.« So formuliert es der Städte- und Gemeindebund in Nordrhein-Westfalen. So sieht es überall in Deutschland aus.

Und wieder, wie 2015, artikuliert sich der Protest in einem Umfragehoch der AfD nach dem anderen. Wieder verlieren entsprechend CDU und SPD an Zustimmung. Wieder geht der Berliner CDU-SPD-Senat auf Tauchstation, wie schon 2015.

Was will diese Bundesregierung, was wollen diese Landesregierungen? Dass es immer so weitergeht? Haben sie einen Plan? Anscheinend nicht. Und das ist der Unterschied zu den anderen europäischen Ländern: Nirgends fährt man in der Asylpolitik so auf Sicht und so offensichtlich gegen die Wand wie bei uns.

Und was genau ist der Klimawandel? Wie groß ist der Einfluss des Menschen? Diese Diskussion war nicht mehr erwünscht. Plötzlich teilten wir uns auf in diejenigen, die die anderen als »Klimaleugner« bezeichneten und die, die so bezeichnet wurden. So ist es geblieben.

KLIMA: DER NEUE EXTREMISMUS

Vor 15 Jahren etwa bekam das Wort »Klima« eine ganz neue Bedeutung. Vorher war damit eine Erscheinung gemeint wie das Wetter, nur umfassender. »Prima Klima Reisen« nannte sich eine Berliner Busgesellschaft, die in den 1980er Jahren von jungen Leuten in Kreuzberg gegründet wurde. Jetzt wurde Klima zum Schicksalswort: Klimawandel, Klimakatastrophe waren die neuen angstbesetzten Kampfbegriffe. Niemand hatte bisher darüber gesprochen. Wirklich niemand? Doch, wieder einmal die Grünen, sie waren die Vorreiter. Die Partei, der ich mich als junger Erwachsener angeschlossen hatte und die ich enttäuscht wieder verließ, bestritt den Bundestagswahlkampf 1990 mit diesem Slogan: »Alle reden von Deutschland, wir reden vom Klima.« Niemand hörte ihnen zu und sie rutschten tatsächlich unter die 5-Prozent-Hürde und flogen aus dem Bundestag. Aber ihre radikale Haltung, kombiniert mit zweifelsfreiem Missionseifer, zahlte sich wieder einmal aus, und die Enkel der damaligen Verlierer der Bundestagswahl kleben sich heute auf der Straße fest. Ihre Forderungen gehen Hand in Hand mit der offiziellen Politik. Klimaschutz ist jetzt Staatsziel, dem die wirtschaftliche Entwicklung untergeordnet wird.

»Klima« ist wie »Gender« ein Wort geworden, mit dem Positionen beschrieben werden. »Bist du Klimaleugner?«, fragte mich mein Kollege, als ich in der Redaktion über Klimaschutzmaßnahmen diskutieren wollte. Wie viel und was ist richtig? Wie viel Fortschritt ist zu viel und wie viel Fortschritt brauchen wir, um dem Klimawandel zu begegnen? Und was genau ist der Klimawandel? Wie groß ist der Einfluss des Menschen? Diese Diskussion war nicht mehr erwünscht. Plötzlich teilten wir uns auf in diejenigen, die die anderen als »Klimaleugner« bezeichneten und die, die so bezeichnet wurden. So ist es geblieben. Aber wenn schon wir als Journalisten nicht mehr in der Lage sind, uns eine Meinung zu bilden, wie sollte es dann eine öffentlich Debatte über das wichtigste Thema der Zeit geben? Es gab sie nie.

Als nach den Wahlen in Berlin im Jahr 2017 die Grünen an die Macht kamen, drückten sie der Koalition mit SPD und Linken gleich ihren Stempel auf: Alle Politik sollte dem »Klimaschutz« untergeordnet werden. Als ersten Schritt erschuf man ein »Mobilitätsgesetz«, das dem öffentlichen Nahverkehr und dem Fahrrad ein für alle Mal Vorrang einräumen sollte. Gesagt getan: Straßenbahnlinien wurden geplant, Busspuren angelegt und »Fahrradschutzstreifen«. Parkplätze am Straßenrand verschwanden für Fahrradbügel, Wohnstraßen wurden durch sogenannte »Kiezblocks« unterbrochen, so dass nur noch Fahrräder durchfahren können. Die damalige Verkehrssenatorin der Grünen erklärte, man wolle den »motorisierten Individualverkehr« abschaffen. Ich fragte sie damals, ob das auch ihren Dienstwagen betreffe. Nein, antwortete sie, nein, sie habe viel zu tun und nutze den Dienstwagen, um darin auf dem Weg zum Termin ihrer Arbeit nachzugehen. Offenbar ging sie davon aus, dass nur sie selbst viel zu tun habe.

Menschen, die Arbeit, Familie, Kinder, die Betreuung Angehöriger und noch viel mehr unter einen Hut bringen müssen, die kamen nicht vor. Stattdessen wurde das Thema beherrscht von gut situierten Innenstadtbewohnern und von jungen Leuten ohne Arbeit und Verpflichtungen, aber dafür mit ausreichend Geld. Es bildete sich eine neue Formation der außerparlamentarischen Opposition, die Protestgruppe »Letzte Generation«. Ihre Mitglieder sagten den Weltuntergang durch den »menschengemachten Klimawandel« voraus und klebten sich deshalb auf Hauptstraßen und Autobahnausfahrten auf dem Pflaster fest. Zögerlich und mühsam distanzierten sich die Spitzenpolitiker von Grünen, Linken und SPD von dieser Form des Protests, gaben den radikalen Klimaklebern aber in der Sache recht. Unendliche lange Staus und viel Wut auf den Straßen von Berlin waren die Folge.

Unterdessen nahm die Zahl der neu zugelassenen Automobile in Berlin ständig zu. Die Bürger gaben deutlich zu erkennen, dass sie auf ihr Auto nicht verzichten wollen und können. Sie gaben zu erkennen, dass sie weder für die Klimakleber noch für einen Senat Verständnis haben, der den Autoverkehr abschaffen wollte. Das beeindruckte die Grünen nicht, die den Bürgerwillen bekanntlich ignorieren, wenn er der Partei-Ideologie widerspricht. Das Mobilitätsgesetz wurde verabschiedet, in dem noch nicht einmal der lebenswichtige motorisierte Gewerbe- und Lieferverkehr Berücksichtigung fand. Der Wähler aber bestrafte diesen Hochmut, als die Wahl von 2021 schließlich im Februar 2023 wiederholt werden musste. Ob die CDU ihre Versprechen einlösen kann, ist noch abzuwarten.

Schön wäre, wenn zumindest das Gespräch wieder Fahrt aufnimmt: Müssten alle Berliner auf ihr Auto verzichten, um die Welt zu retten? Oder brauchen wir nicht viel mehr das Auto und noch viele Ideen, um weiterhin so vielen Menschen ein Leben in Wohlstand zu ermöglichen und trotzdem die Umwelt zu schonen? Wir sind noch nicht so weit, solche Diskussionen wirklich zu führen. Noch wird gefragt: »Bist du ein Klimaleugner?« Und dann fällt das Urteil.

10.09.2023, 18:45 UHR

DAS ZIEL DER KLIMA-KLEBER IST BEÄNGSTIGENDER ALS DER KLIMAWANDEL

Sie fordern den Ausstieg aus Gas, Öl und Kohle bis 2030. Das würde unsere Lebensgrundlagen zerstören und zu Armut, Krankheit, Hunger und Tod führen.

Die Klima-Kleber der Gruppe »Letzte Generation« wollen wieder in Berlin zuschlagen. Ab Mittwoch wollen sie Straßen blockieren und stören, wo es geht. Sie wollen die Bundesregierung erpressen, als Geiseln sollen, wie üblich, die Berliner Autofahrer herhalten.

Am Freitag hatten die Klima-Kleber zu einer Open-Air-Pressekonferenz vor das Kanzleramt eingeladen, um ihre Forderungen zu verbreiten. Bisher verlangten sie Tempo 100 auf der Autobahn, das 29-Euro-Ticket und einen »Bürger:innen-Klimarat«.

Das reicht jetzt nicht mehr, jetzt fordern sie gleich das »Ende der fossilen Rohstoffnutzung bis 2030«. Selbstherrlich und anmaßend sagte ihre Sprecherin Carla Hinrichs (25, Jurastudentin): »Wir werden Berlin nicht verlassen, bis die politische Wende erreicht ist.«

Nach dieser Logik müssten sich Hinrichs und ihre Leute tatsächlich auf unbestimmte Zeit festkleben, denn die »politische Wende«, die sie fordern, kann gar nicht erreicht werden, vor allem nicht bis 2030.

Gemeint ist nämlich mit dieser »politischen Wende« der vollständige Verzicht auf Kohle, Öl und Gas, bei deren Verbrennung CO_2 entsteht. Diese Brennstoffe aber sind das Fundament unserer Zivilisation.

Jeder, der noch bei Verstand ist, weiß, dass es bis 2030 keinen ausreichenden Ersatz für Kohle, Öl und Gas gibt, weder in der Stromerzeugung, noch in der Industrie, erst recht nicht in der Landwirtschaft, überhaupt nicht beim Militär und auch nicht beim Heizen oder im Straßenverkehr.

In Berlin basieren 99 Prozent der Gebäudeheizungen auf Gas, Öl oder anderen Brennstoffen. Hundert Prozent der Lastkraftwagen fahren mit Dieselmotoren, für die es keine Alternative gibt. Und sogar Elektrobusse und Elektroautos beziehen ihren Strom aus Gas- oder Braunkohlekraftwerken.

Der Ausstieg aus Kohle, Öl und Gas bis 2030 würde unsere Lebensgrundlagen zerstören, zu Krankheit, Armut, Hunger, Bürgerkrieg und Tod führen. Das Ziel der Klimakleber, Kohle, Öl und Gas bis 2030 zu verbieten, ist also viel gefährlicher als die Folgen des Klimawandels.

Sie reden abstrakt von einem »Kipppunkt« des Klimawandels, von einer kurz bevorstehenden unumkehrbaren Katastrophe, dass es »fünf nach zwölf« sei, usw.

Sie selber aber riskieren mit ihren Forderungen einen ganz konkreten Kipppunkt, nämlich das totale Chaos, das ohne fossile Brennstoffe ausbrechen würde.

Wer solche Forderungen stellt, der ist nicht nur sehr schlecht informiert, sondern auch überhaupt nicht zurechnungsfähig. Die Klimakleber leben in einem Wahn wie eine Sekte. Sie glauben an den Untergang, sie sehen sich als einzige Retter.

Sprecherin Hinrichs ist wegen sechs Straßenblockaden angeklagt. Am 24. August stand sie im Amtsgericht Tiergarten wie eine Märtyrerin: »Ich kann nicht anders«, sagte sie. Die Tageszeitung »taz« beschrieb die Szene so: »Ihre Stimme bricht, ihre Augen werden feucht.«

Sekten gab und gibt es viele. Sollen die Klimakleber denken, was sie wollen. Aber alle anderen Menschen sollen sie damit bitte in Ruhe lassen.

17.03.2024, 16:46 UHR

KLIMA-JUGEND HAT DEN HASS AUF DIE WIRTSCHAFT IN DER SCHULE GELERNT

Schüler bekommen ein falsches Bild von Unternehmern und Konzernen vermittelt, deshalb sind sie anfällig für linkspopulistische Propaganda.

Die Aktivisten der Klimabewegung, von »Fridays for Future« über die »Letzte Generation« bis zu den »Tyer Extinguishers«, sind linksradikal indoktriniert. Die Profitmaximierung der Konzerne und gierige Unternehmer würden den Klimaschutz hintertreiben, das glauben sie ernsthaft.

Der militante Arm der Bewegung legitimiert mit solchen Überzeugungen seine Anschläge und Brandstiftungen. Der Angriff auf die Stromversorgung der Tesla-Werke ist eines der jüngsten Beispiele. Am Freitag früh wurden sechs Baufahrzeuge auf der Baustelle der A 100 in Treptow in Brand gesetzt.

Bundesinnenministerin Nancy Faeser (SPD) warnte schon vor einem Jahr, dass »Akteure aus der linksextremistischen Szene versuchen, Einfluss auf Klimaschutzgruppen zu nehmen«, um den »gesellschaftlichen Protest zu radikalisieren und den Staat und seine Institutionen zu delegitimieren«.

Warum aber sind junge Leute, die sich Sorgen um den Klimawandel machen, empfänglich für marxistische Propaganda? Es liegt wahrscheinlich an der Schulbildung! Die Schulabgänger wissen wenig und haben Feindbilder im Kopf. Zu diesem Ergebnis kommt eine neue Studie im Auftrag der Friedrich-Naumann-Stiftung, die viel zu wenig Beachtung findet.

Untersucht wurden 40 Schulbücher der Fächergruppen Politik, Sozialwissenschaften, Wirtschaft, Geschichte und Geografie in den Sekundarstufen I und II, außerdem das dazugehörige Material für die Lehrer.

Ergebnis: Unternehmer werden in den Schulbüchern überwiegend als böse Buben dargestellt, der Staat hingegen tritt als großer Problemlöser auf. Das Lehrmaterial verbreitet ein grundsätzliches Misstrauen gegenüber der Marktwirtschaft und vermittelt überhaupt keine Grundkenntnisse über Produktion und Handel.

Schlimmer noch: Meinung werde höher bewertet als Wissen, schreiben die Verfasser der Studie. Schüler würden angeregt, Meinungen zu äußern, ohne sie durch Sachkenntnis zu untermauern.

Zu einem ähnlichen Ergebnis kam zuvor auch schon die Bundesbank, die das Bildungsniveau an den Schulen so beschreibt: »Grundlegende ökonomische Begriffe« würden »nicht verstanden, und verhältnismäßig einfache Fragen zum Thema Geld« könnten »nicht korrekt beantwortet werden.«

Kurz gesagt: Die Schüler bekommen ein falsches Bild der Wirtschaft vermittelt. Kein Wunder, dass sie anfällig sind für linkspopulistische Parolen. Sie wissen gar nicht, wer das Geld erwirtschaftet, das sie ausgeben.

Stattdessen verfluchen sie diejenigen, die produktiv sind. Sie wollen die Firmen enteignen oder greifen sie mit Brandsätzen an. Die ökonomisch ahnungslosen Klima-Aktivisten suchen in den Unternehmern die Schuldigen für den Klimawandel.

Und je weniger sie wissen und verstehen, je weniger sie zu denken gelernt haben, desto heftiger verrennen sie sich in ihren Feindbildern und in ihrem Hass auf die Wirtschaft.

21.02.2019, 18:39 UHR

KIRCHEN RUFEN SCHON WIEDER ZUM FASTEN FÜR DEN KLIMASCHUTZ AUF

Die evangelische und die katholische Kirche in Berlin verleihen der Fastenzeit eine einseitige politische Ausrichtung.

Die christliche Fastenzeit rückt näher. Sie erstreckt sich auf sieben Wochen zwischen Aschermittwoch und Ostersonntag (6. März bis 21. April). Die Fastenzeit dient der Besinnung, der inneren Einkehr und dem Gebet. Die evangelische und die katholische Kirche in Berlin verleihen ihr aber, wie schon in den Vorjahren, wieder einen starken politischen Zug. Sie rufen zum »Fasten für Klimaschutz und Klimagerechtigkeit auf«.

»Klimaschutz« ist der Oberbegriff für alle Maßnahmen, die den Ausstoß an Kohlendioxid (CO_2) reduzieren. CO_2 ist nach Ansicht vieler Wissenschaftler die Hauptursache der Erderwärmung. Hinter dem Begriff »Klimagerechtigkeit« verbirgt sich die Annahme, dass sich die Lebensverhältnisse in armen Ländern verschlechtern, weil die Industrienationen viel CO_2 produzieren. Dieser Entwicklung gelte es zu begegnen.

Christen sollen also mit ihrem persönlichen Konsumverhalten in der Fastenzeit dazu beitragen, den Ausstoß an CO_2 zu reduzieren. In der Anleitung der Kirchen mit dem Titel »So viel du brauchst« werden ihnen konkrete Vorschläge dazu gemacht, verteilt auf die sieben Fastenwochen.

Beispiel zweite Woche: »Ich rühre den Kuchenteig von Hand« oder ein Tipp zum Fensteröffnen: »Kippe ich noch oder stoßlüfte ich schon?« Beispiel Woche drei: »Ich prüfe das Abo einer Gemüsekiste.« Fünfte Woche: »Ich probiere ein E-Bike.« Sechste Woche: »Ich kaufe plastikfrei/-arm ein.« Siebte Woche: »Ich organisiere ein öko-faires Essen.«

Abschließend wird in Aussicht gestellt: »Klimafasten verändert mich und die Welt.« Das ist vielleicht etwas zu viel versprochen. Denn ob ich nun »stoßlüfte« oder nicht, wird sicherlich von keiner großen Bedeutung sein.

Die Fastenanleitung der Kirchen scheint eher dem Zweck zu dienen, dass sich der Gläubige gut fühlt und politisch korrekt und sich auf der richtigen Seite wähnt. Genau dieses Ziel verfolgt offenbar auch die »Klimakollekte«, die ebenfalls von beiden Kirchen seit einigen Jahren angeboten wird.

Nach Art einer Ablasszahlung kann man dort Geld spenden, wenn man zum Beispiel mit dem Flugzeug geflogen ist und glaubt, dass die Flugreise die Erdatmosphäre belastet habe. Anbieter für diese Ablasszahlung ist ein kirchlicher »Kompensationsfond«, Motto: »Ihre Emissionen berechnen wir kostenlos«.

Ist es Aufgabe der Kirchen, die Emissionen der Gemeindeglieder zu berechnen, zum »Stoßlüften« aufzurufen und »das Abo einer Gemüsekiste« zu empfehlen? Sicherlich nicht. Denn das kann jeder weltliche Verein auch. Was unterscheidet die Kirchen von anderen Organisationen? Wissen sie es selbst noch? Der engagierte Katholik Wolfgang Thierse formulierte es am Donnerstag so: »Aufgabe der Kirche ist es, das Evangelium zu verkünden, in Wort und Tat.«

Dazu gehört es, von Gott zu sprechen, vor allem in der Fasten- und Passionszeit. Wenn die Kirchen das nicht mehr könnten, wären sie überflüssig.

06.08.2018, 18:18 UHR

WAS BEZWECKEN DIE GRÜNEN, WENN SIE JETZT VON KLIMAFLÜCHTLINGEN SPRECHEN?

Mit neuen definierten Fluchtgründen wird der moralische Druck auf die Öffentlichkeit erhöht.

Die Grünen wollen Klimaflüchtlinge in Europa aufnehmen. Zuerst kam diese Forderung am Freitag von der Nachwuchsorganisation »Grüne Jugend«. Deren Vorsitzende Ricarda Lang verlangte, dass alle Menschen, die infolge des Klimawandels ihre Heimat verlassen müssen, in der EU eine Staatsbürgerschaft bekommen sollten.

Am Sonntag schloss sich die Fraktionsvorsitzende der Grünen im Bundestag, Katrin Göring-Eckardt, dieser Forderung an. Sie sagte, der Klimawandel müsse als Fluchtgrund anerkannt werden. Demnach sollten nicht nur politisch Verfolgte und Opfer eines Krieges in Deutschland aufgenommen werden, sondern alle Menschen, »deren Lebensgrundlagen durch die Klimakrise komplett zerstört wurde.«

Weder Frau Lang noch Frau Göring-Eckardt erklärten genau, um welche Menschen und wie viele es sich handeln könnte und wie man nachweisen könnte, dass Migranten wirklich wegen des Klimawandels nach Europa kommen und nicht aus einem anderen Grund. Diese Fragen bleiben also offen.

Beantwortet wurde dagegen die Frage, warum die Grünen die Aufnahme der Klimaflüchtlinge fordern. Hier folgen sie einem alten Muster, das vereinfacht so aussieht: Wir Europäer sind Schuld am Elend der Welt, also müssen wir für Wiedergutmachung sorgen. Wörtlich sagte Ricarada Lang: »Immerhin sind es unter anderem die Länder der Europäischen Union, die durch eine verantwortungslose Energie-, Wirtschafts- und Agrarpolitik zur menschengemachten Klimakatastrophe beigetragen haben.«

Bisher machten die Grünen den Westen für Bürgerkriege und Diktaturen verantwortlich und verlangten die Aufnahme der Opfer, jetzt fügen sie den Klimawandel hinzu, der durch die Industriestaaten herbeigeführt werde.

In diesem Sommer verfolgen die Grünen mit ihrer Hypermoral aber noch einen ganz bestimmten Zweck. Sie sind in die Enge getrieben worden. Die Bundesregierung will per Gesetz die nordafrikanischen Staaten zu sicheren Herkunftsländern erklären. Migranten von dort hätten dann keinen Anspruch mehr auf Asyl.

Die Bundesländer müssen dem Gesetz zustimmen. In einigen Bundesländern wollen die Grünen die Zustimmung torpedieren. Auch in Berlin sorgen sie dafür, dass der Senat nicht zustimmen wird.

Die Grünen wissen, dass die Mehrheit der Bevölkerung der Meinung ist, dass Deutschland sorgfältiger auswählen muss, wer aufgenommen wird. Sie bringen deshalb einen neuen Fluchtgrund ins Spiel, um ihre Blockade-Haltung zu rechtfertigen. Sie wissen, dass der Klimawandel einen Nerv trifft, insbesondere in diesem Sommer, da man ihn sogar in Deutschland zu spüren glaubt. Wer den Menschen an dieser Stelle ein schlechtes Gewissen einredet, kann eine große Wirkung erzielen.

Dem Kalkül liegt eine bequeme Haltung zu Grunde: Man erklärt das eigene Land für schuldig, stellt maximale Forderungen und klammert die Frage aus, wer die Rechnung bezahlt. Eine solche Politik nennt man Populismus. Der wird aber nur auf der rechten Seite beim Namen genannt und nicht, wenn er von den Grünen kommt.

13.01.2021, 17:29 UHR

PLANEN DIE BERLINER GRÜNEN JETZT SCHON DEN KLIMA-LOCKDOWN?

Die Grünen planen eine Stromversorgung, die Lücken aufweist. In der Folge würde es zur Stromknappheit im Winter und deshalb zur Rationierung kommen.

Der Vorstand der Berliner Grünen hat sein Programm für die Wahl (26. September) vorgestellt. Es handelt sich um einen Entwurf, der in der Partei diskutiert und im März verabschiedet werden soll werden.

In diesem Programmentwurf fordern die Grünen die Abschaffung der Kohle-Verstromung und aller Autos mit Verbrennungsmotor. Wörtlich heißt es dort: »Bis 2030 sollen alle Kohlekraftwerke vom Netz gehen« (Kapitel 2.1., Zeile 194). Und: »Die klima- und gesundheitsschädlichen fossilen Verbrenner sollen bis 2030 aus der Innenstadt und bis 2035 aus ganz Berlin verschwinden« (Kapitel 2.5., Zeile 707).

Um diese Ziele durchzusetzen, wollen die Grünen sogar die Berliner Verfassung ändern: »Klimaschutz muss deshalb Verfassungsrang in unserer Stadt bekommen« (Kapitel 2.1., Zeile 191). Diese radikalen Ziele verdienen Beachtung, denn die Öko-Partei ist in den aktuellen Umfragen stärkste politische Kraft und will mit Bettina Jarasch die Regierende Bürgermeisterin stellen.

Als Ersatz für die Autos mit Verbrennungsmotor schweben den Grünen Elektroautos vor. Sie führen »emissionsfrei«, somit werde »der Verkehr komplett CO_2-frei« sein. Der Strom aus Kohlekraftwerken soll mit Sonnenenergie ausgeglichen werden. »Das größte Potential liegt dabei im Ausbau der Solarenergie auf Dächern und an Fassaden« (Kapitel 2.1., Zeile 199).

Das hört sich gut an, doch kann die Sonnenenergie nur dann ein Ersatz für den Kohlestrom sein, wenn die Sonne scheint. Strom kann in großen Mengen nicht gespeichert werden. Wenn sich eine dicke Wolkendecke bildet, fällt der Sonnenstrom aus.

Genau das geschah in den ersten Januartagen. Die Wolkendecke war dick, das Tageslicht schwach, die Solarenergie fiel fast komplett aus. Gleichzeitig wehte auch kein Wind. Es trat die sogenannte »Dunkelflaute« ein.

Also wurden die Braunkohlekraftwerke Jänschwalde und Schwarze Pumpe auf volle Last hochgefahren. Hätte man diese Reserve nicht zur Verfügung gehabt, wäre die Stromversorgung im Osten zusammengebrochen, denn auch im übrigen Deutschland wurde der Strom knapp.

Es ist unseriös, die Abschaltung der Kraftwerke zu fordern, wenn man einen Ersatz nur bei schönem Wetter anbieten kann. Und wo soll der Strom für die Elektroautos herkommen, wenn die Sonne nicht scheint und der Wind nicht weht? In Berlin fahren 1,22 Millionen Autos mit Verbrennungsmotor. Wenn sie durch Elektrofahrzeuge ersetzt werden, bräuchte man ein zusätzliches Kraftwerk nur für Berlin.

Was also tun, wenn die Kohlekraftwerke abgeschaltet werden und es keinen Ersatz gibt? Dann müsste man den Strom rationieren, also nach einem Bedarf zuteilen, den die Regierung festlegt. Das wäre eine Art Klima-Lockdown im Winter.

Haben die Grünen diesen Plan schon im Hinterkopf? Einen Hinweis in diese Richtung bietet der Programmentwurf. Dort heißt es (Kapitel 2.5., Zeile 713): »Das Auto sollte in der Innenstadt nicht mehr die Norm, sondern nur noch die Ausnahme sein.«

Aha! Wenn wir alle zu Fuß gehen oder gleich zu Hause bleiben, brauchen wir weniger Energie. Das leuchtet ein. Wer das möchte, der kann grün wählen.

06.03.2024, 18:20 UHR

RAF UND TESLA-TERROR – JETZT BRAUCHEN WIR EINE DEMO GEGEN LINKS

Die Linksextremisten kämpfen gegen Tesla und geben sich als Schutzmacht der RAF-Terroristen. Sie sind so gefährlich wie lange nicht mehr, werden aber von Politik und Medien nicht als Gefahr für die Demokratie wahrgenommen.

Die Zerstörer der Stromversorgung von Tesla gingen gezielt vor und haben viele Sympathisanten. Sie nennen sich »Vulkangruppe« und kündigen an, dass sie die Tesla-Werke sabotieren und zur Aufgabe zwingen wollen.

Ihr Bekennerschreiben ist wirr und aggressiv zugleich. Sie hätten ein »Leuchtfeuer gegen Kapital, Patriarchat, Kolonialismus und Tesla entzündet«, schreiben sie. Die Erde werde »vergewaltigt« durch »neoliberale und patriarchale und neokoloniale Raubtierkapitalisten« und »Technofaschisten«. Damit meinen Sie den Firmeninhaber Elon Musk und seine Mitarbeiter.

Es ist eine Orgie der Worthülsen aus dem Fundus des Steinzeitmarxismus. Der Text erinnert an die endlosen Phrasen in den Bekennerbriefen der »Rote Armee Fraktion« (RAF), deren letzte Mitglieder noch auf der Flucht sind. Und genau so, wie es die RAF ernst meinte und Manager und Politiker erschoss, so meinen es die militanten Mitglieder der »Vulkangruppe« ernst damit, Tesla zu zerstören.

Sie bleiben im Untergrund, ihre Freunde aber sitzen hoch in den Baumhäusern im Wald neben den Tesla-Werken. Die Waldbesetzer wurden von den Politikern und Journalisten als harmlos eingestuft, ihre »mobile vegane Küche« wurde bewundert.

Die Polizei zog sich auf Anweisung der Brandenburger Landesregierung (SPD, CDU, Grüne) zurück, obwohl sie hätte eingreifen müssen. Denn zwischen den sogenannten friedlichen Demonstranten und den militanten gibt es bekanntlich Verbindungen und Überschneidungen.

Tesla ist nur das symbolische Ziel eines groß angelegten Kampfes, zu dem sich die linke Szene aufmacht hat, die sich zuletzt im Hambacher Forst und in Lützerath austobte. Da ging es gegen die Braunkohle, jetzt geht es gegen Elektroautos.

Tatsächlich geht es weder um Kohle noch um Elektroautos, sondern um das »kapitalistische System«, womit die indoktrinierten jungen Leute die soziale Marktwirtschaft und die parlamentarische Demokratie meinen. Beides wollen sie beseitigen, denn nur so sei der Klimawandel aufzuhalten. Das ist die verrückte Logik, nach der sie handeln. So kann man sich eine Ideologie erschaffen und darin verrennen.

Die Klimaaktivistin Luisa Poettinger, die auch Demonstrationen »gegen rechts« organisiert, ist ein gutes Beispiel: Sie solidarisiert sich mit den Tesla-Attentätern: »Jeder Tag des Produktionsstopps bei #Tesla ist ein guter Tag für unsere Umwelt«, schreibt sie auf X.

Und dieselbe linksextreme Szene, die von der Vulkangruppe bis zu den Klimaklebern reicht, gibt sich auch noch als Schutzmacht der RAF-Terroristen zu erkennen und behindert die Polizei bei ihrer Fahndung.

Da ist dann keine Bundesinnenministerin Faeser, die vor gefährlichen Netzwerken warnt, kein Verfassungsschützer Haldenwang, der eine Gefahr für die Demokratie erkennt.

Sie warnten uns vor den Gefahren von rechts außen, auf dem linken Auge sind sie blind. Aus Politik und Medien gibt es jetzt keine Kommentierung oder Mobilisierung, die der Größe der Gefahr gerecht wird. Es gibt keine Demo »gegen links«. Aber es müsste sie geben, und zwar schnell, bevor solche Firmen wie Tesla vertrieben werden.

12.12.2022, 18:32 UHR

IMMER MEHR AUTOS IN BERLIN! DAS IST DIE ABSTIMMUNG MIT DEN RÄDERN

Seit sechs Jahren bekämpft der Senat den motorisierten Individualverkehr mit allen Mitteln. Die Berliner Autofahrer lassen sich davon aber überhaupt nicht beeindrucken.

In Berlin hat sich die regierende Politik sehr weit vom Volk entfernt, jedenfalls was den Straßenverkehr angeht. Die Interessen gehen weit auseinander: Während der Senat seit 2017 mit allen Mitteln gegen den motorisierten Individualverkehr kämpft, nimmt die Zahl der motorisierten Individualfahrzeuge Jahr für Jahr zu.

Die jüngst veröffentlichten Zahlen zeigen: Zwischen 2010 und 2021 stieg die Zahl der zugelassenen Pkw und Lkw in der Hauptstadt um 14,7 Prozent auf 1,5 Millionen. Die Bevölkerung wuchs ebenfalls, aber lange nicht so stark wie die Zahl der Fahrzeuge.

Sogar in den letzten sechs Jahren, also seitdem SPD, Grüne und Linke ihre Politik gegen den Autoverkehr richten, stieg die Zahl der Pkw stark an, von 1,19 Millionen im Jahr 2017 auf 1,24 Millionen Mitte 2022.

Das bedeutet nichts anderes, als dass Rot-Grün-Rot gegen die Bevölkerung arbeitet, offenbar auch gegen einen großen Teil der eigenen Wähler. Auch das legen die Zahlen nahe: In Berlin sind 2,45 Millionen Menschen wahlberechtigt, davon beteiligten sich 1,84 Millionen an der letzten Wahl 2021.

In dieser Wahl bekamen CDU, FDP und AfD zusammen nur rund ein Drittel der Stimmen. Bei 1,24 Millionen angemeldeten Pkw müssen also viele Autofahrer auch SPD, Grüne und Linke gewählt haben. Über ihre Motive kann man nur spekulieren, sie wurden dazu noch nicht befragt.

Wie auch immer, wenn es so viele motorisierte Fahrzeuge gibt und ihre Zahl so stark zunimmt, wäre es eigentlich Aufgabe der Verkehrspolitik, dafür zu sorgen, dass sie auch fahren können.

Aber das Gegenteil geschieht eben: Überall werden Straßen verengt oder gesperrt, Parkplätze verschwinden ersatzlos vom Straßenrand, das Tempo wird reduziert.

Die Grünen, die sich auf diesem Weg an die Spitze setzen, gehen kompromisslos vor, sie wollen das Auto »abschaffen«, wie es Ex-Senatorin Regine Günther ankündigte oder wenigstens weit »zurückdrängen«, wie es die amtierende Verkehrssenatorin Bettina Jarasch formuliert.

Es gehört zu den weitverbreiteten Märchen der Grünen, dass man in Berlin ohne Auto genauso gut leben und arbeiten könnte.

Das trifft auf sehr viele Berufstätige und Eltern mit Kindern nicht zu, die ihren Alltag ohne Auto nicht bewältigen können. Insbesondere in den Außenbezirken und in den Tagesrandzeiten gibt es für sie keine Alternative.

Und hinter diesem Märchen steckt auch eine große Verlogenheit. Die kam vor einigen Wochen ans Licht, als die grüne Senatorin Jarasch in Tempelhof erschien, um persönlich mit einem Fahrrad einen neuen Fahrradstreifen einzuweihen.

Bis zum Fahrrad, das für sie bereitstand, ließ sie sich von ihrem Fahrer im Dienstwagen chauffieren.

Auf die Frage, weshalb sie nicht mit dem Fahrrad gekommen sei, sagte sie: »Wenn ich alle Termine mit dem Fahrrad machen würde, könnte ich nur die Hälfte davon wahrnehmen.«

Richtig und deshalb gibt es so viele Autos. Frau Jarasch hat selbst bewiesen, dass die arbeitende Bevölkerung auf den Pkw nicht verzichten kann. Sie behauptet es aber trotzdem. So verrückt wird diese Stadt regiert.

21.04.2021, 17:49 UHR

ANTI-AUTO-SENATORIN GÜNTHER FÄHRT AUCH PRIVAT MIT DEM AUTO

Regina Günther (Grüne) will das Auto abschaffen. Sie selbst nutzt im Dienst aber einen Tesla mit Chauffeur. Jetzt kommt heraus, dass sie den Wagen sogar in der Freizeit fährt. Das nennt man »Wasser predigen und Wein trinken«.

Verkehrssenatorin Regine Günther (Grüne) hat immer Klartext gesprochen: Sie will das Auto aus dem Verkehr ziehen. Entsprechend tut sie alles, um die Bewegungsfreiheit der Autofahrer einzuschränken.

Im März 2019 sagte sie: »Wir möchten, dass die Menschen ihr Auto abschaffen.« Im Januar 2020 kündigte sie ein Fahrverbot für Benzin- und Diesel-Autos ab 2030 an. Sie schaffte die Hotelvignette und die Gästevignette ab, damit Berlin-Besucher nicht mehr parken können und ordnete an, dass in Neubaugebieten auf 100 Wohnungen nur noch maximal 30 Parkplätze zur Verfügung stehen dürfen.

Für sich selbst nahm sie dabei immer in Anspruch, einen Dienstwagen zu benötigen, »als Arbeitsplatz«. Sie müsse Akten mitführen, Unterlagen bearbeiten und vertrauliche Gespräche führen, alles während der Fahrt. Frau Günther nutzt dienstlich einen Tesla, Model 3 (Standard, Reichweite plus) mit Chauffeur. Privat habe sie kein Auto, das gab sie gleich nach Amtsantritt im Januar 2017 bekannt.

Sie äußerte sich immer so, als würde sie nur dienstlich Auto fahren, privat aber nicht. Nachbarn aus ihrer Wohngegend meldeten sich schließlich bei uns und behaupteten, die Senatorin würde auch in ihrer Freizeit den Dienstwagen nutzen.

»Wochenendfahrten erledigt sie samt Gatte im Tesla«, schreibt eine Anwohnerin. Und eine andere: »Ich habe sie noch nie mit dem Fahrrad Einkäufe oder Erledigungen tätigen sehen, geschweige denn zu Fuß oder mit der Tram.«

Wir fragten also nach. Der Sprecher der Senatorin, Jan Thomsen, verwies auf die Regularien für die private Nutzung von Dienstwagen und sagte uns: »Frau Günther nutzt ihren Dienstwagen im Rahmen dieser Regularien auch für Privatfahrten.«

Und so sehen die Regularien aus: »Personengebundene Dienstkraftfahrzeuge dürfen von den Nutzungsberechtigten, ggf. in Begleitung von Familienmitgliedern, für Privatfahrten innerhalb der Bundesrepublik unentgeltlich in Anspruch genommen werden. Urlaubsfahrten sind nicht gestattet. Der aus der privaten Nutzung entstehende geldwerte Vorteil ist von den Nutzungsberechtigten zu versteuern.«

Daran hält sich Frau Günther, das ist selbstverständlich. Nicht selbstverständlich ist es, dass sie sogar in der Freizeit ein Auto nutzt, obwohl sie in ihrem Amt mit allen Mitteln versucht, den Autoverkehr zu unterbinden.

Wenn man in der Freizeit kein Auto braucht, wie sie behauptet, dann muss sie selbst auch keins fahren. Wenn man in der Freizeit auf das Auto verzichten soll, um die Umwelt zu schonen, wie sie es von der Bevölkerung verlangt, dann muss sie auch selbst darauf verzichten.

Es soll hier nicht darum gehen, das Privatleben der Frau Günther zu untersuchen, auf keinen Fall. Eine Politikerin aber, die von allen anderen verlangt, dass sie ihr Auto abschaffen, muss diesen Maßstab natürlich auch an sich selbst anlegen. Warum nämlich nur Frau Günther ein Auto braucht und sonst niemand, versteht man nicht unmittelbar.

Wer dem Auto den Krieg erklärt, sollte im ersten Schritt sein eigenes abschaffen – und zwar sowohl im Dienst als auch privat.

16.01.2023, 18:03 UHR

GRÜNE WOLLEN KIEZ-BLOCKS, AUCH WENN DER KIEZ DEN BLOCK NICHT WILL

Die Grünen treiben die Stilllegung der Wohngegenden voran. Dabei nehmen sie eine äußerst arrogante Haltung gegenüber den Anwohnern ein.

Wissen Sie, was ein »Kiezblock« ist? Das ist eine Wohngegend, in der die Straßenkreuzungen dauerhaft mit Pollern versperrt werden. Autos und Lastwagen kommen nicht mehr durch, nur noch Fahrräder.

Für diese Absperrungen werben vor allem die Grünen. In ihrer Wahlkampfzeitung (Berlin: »Grün. Gerecht. Gemeinsam«) kündigen sie an, dass sie ein »Bündnis für ein ökosoziales Jahrzehnt schmieden« wollen.

Dabei geht es vor allem den Autofahrern an den Kragen. Die sollen auf Bus und Bahn umsteigen. Dazu dienen die Kiezblocks, die das Autofahren ungemütlich machen.

Der Grünen-Politiker Ansgar Gusy, der in Wilmersdorf-Süd für das Abgeordnetenhaus kandidiert, formuliert es so: »Unsere Wohngebiete sollen nicht durchfahren werden. Mit dem Konzept der Kiezblocks kann dies zukünftig verhindert werden. Lieferungen werden mit Lastenfahrrädern gebündelt. Damit verbessert sich die Wohn- und Aufenthaltsqualität im Kiez.«

Herr Gusy mag recht haben, dass es schöner wird im Kiez, wenn kein Auto mehr fährt, das ist Geschmackssache. Aber er hat, wie alle seine Parteifreunde, vergessen, dass vieles, was im Kiez gebraucht wird, nicht auf ein Lastenfahrrad passt: Die Müllabfuhr und alle anderen Entsorger oder die Pflegedienste, die Handwerker, die Lebensmittel- und Arzneilieferanten, die

Paketzusteller, Polizei und Feuerwehr usw. Ihnen allen aber werden durch Kiezblocks erhebliche Umwege aufgezwungen. Der Wirtschaftsverkehr komme »nicht mehr pünktlich ins Ziel«, gibt die Industrie- und Handelskammer zu bedenken.

Und wie sieht es mit den Anwohnern aus, die auch selbst nicht mehr mit dem Auto zur Wohnung durchkommen? Sie werden nicht gefragt. Im Bellermannkiez (Gesundbrunnen) zum Beispiel ist das Echo sehr gemischt. Hier wurden auf Betreiben der grünen Stadträtin von Mitte, Almut Neumann, bereits zwei von vier Kreuzungen gesperrt. Anwohner, die auf ihr Auto angewiesen sind, ärgern sich darüber. Darüber berichtete der RBB.

Und im Graefekiez (Kreuzberg) sammelte die oppositionelle CDU auf Anhieb 1600 Unterschriften von Kiezblock-Gegnern, um eine Anhörung zu erzwingen, die das grün geführte Bezirksamt nicht eingeplant hatte.

Mit anderen Worten: Die Grünen wollen die Kiezblocks durchsetzen, auch wenn der Kiez den Block nicht will. Das Geschäft besorgt der Aktivisten-Verein »Changing Cities«, der auch schon die Pläne für die Stilllegung der Friedrichstraße ausarbeitete, die sich als rechtswidrig erwies.

Die Grünen feiern sich für ihren Erfolg selbst: 26 Wohngegenden hätten sie mit Kiezblocks schon still gelegt, 64 sollen es werden. Nirgends ist eine Beteiligung der Anwohner geplant.

Diese arrogante Haltung verträgt sich natürlich nicht mit dem Versprechen der Bürgernähe, das die Grünen ständig geben. Sie sind offenbar nur den Bürgern nahe, die ihre Ziele unterstützen.

13.02.2022, 20:44 UHR

DIE KREUZKRÖTE VON PANKOW OFFENBART, DASS BERLIN NICHT BAUEN KANN

Der Naturschutz muss sich mit den Interessen der Menschen die Waage halten. Sonst wird alles blockiert und wir werden die Wohnungsnot niemals los.

Seit 13 Jahren versucht der Berliner Unternehmer Kurt Krieger (Möbel Höffner, Möbel Walter, Möbel Kraft), in Pankow Wohnungen und Gewerbegebäude zu errichten. Seitdem legt man ihm Steine in den Weg.

Krieger erwarb 2009 das Gelände des ehemaligen Rangier- und Güterbahnhofs (34 Hektar) zwischen den S-Bahnhöfen Pankow und Heinersdorf.

Zuerst wollte er neben Wohnungen ein Einkaufszentrum bauen. Das wurde vom damaligen Bausenator Michael Müller (SPD) verhindert. Senat und Bezirksamt zwangen Krieger zu immer neuen Zugeständnissen: Er sollte auf eigene Rechnung Schulen und Kindertagesstätten bauen, ein Erholungsgebiet anlegen und 30 Prozent der Wohnungen für Sozialmieter reservieren.

Krieger erklärte sich mit allem einverstanden, bauen darf er dennoch nicht. Denn zwischen den alten Bahngleisen leben kleine Kreuzkröten, die nach Brandenburg umgesiedelt werden müssen. Gegen die Umsiedlung klagt der Naturschutzbund (NABU). Und so werden 2000 Wohnungen, zwei Kindertagesstätten, zwei Schulen, ein Möbelhaus und sämtliche Gewerbegebäude nicht gebaut. Eine Gesamtinvestition von rund einer Milliarde Euro bleibt liegen. Arbeitsplätze, Umsatz, Steuereinnahmen – alles futsch.

Am letzten Mittwoch appellierte Krieger an die Regierende Bürgermeisterin Giffey (SPD), ein Machtwort zu sprechen. Sie hat den Wohnungsbau zur »Chefinnensache« gemacht. Jetzt sind wir gespannt, ob die Chefin durchgreift oder eine zahnlose Tigerin bleibt.

Und Pankow ist nicht der einzige Fall, der zur Chefinnensache werden sollte. Überall in Berlin wird Wohnungsbau verhindert. Zum Beispiel auch in Charlottenburg auf einem ehemaligen Eisenbahngrundstück am Bahnhof Westkreuz (Holtzendorffstraße, 16 Hektar). Hier wollte ein Investor 900 Wohnungen bauen, nur auf einem Fünftel der Fläche, den Rest wollte er in einen Park verwandeln.

Aber auch dieses Fünftel der Bebauung war der rot-rot-grünen Mehrheit im Bezirk zu viel, es gibt kein Baurecht, das ganze Areal soll eine »Frischluftschneise« bleiben. »Wir wünschen uns an dieser Stelle echten zusätzlichen Freiraum für die Bürgerinnen und Bürger«, sagt Baustadtrat Fabian Schmitz-Grethlein (SPD). Das kann sein, aber vielleicht wünschen sich die Bürgerinnen und Bürger ja auch eine Wohnung in der sie wohnen können. Und was ist denn wichtiger, wenn beides fehlt: ein »Freiraum« oder ein Dach über dem Kopf?

Schön, dass Frau Giffey den Wohnungsbau zur Chefinnensache macht. Doch das reicht nicht aus, wir müssen umdenken: Wenn wir neue Wohnungen brauchen, dann können wir es nicht allen recht machen. Dann gibt es eben mal einen Park weniger und dann muss die Kröte weichen.

Es hätte nie eine Stadt in dieser Welt gebaut werden können, wenn dafür nicht Nachteile gegenüber dem natürlichen Zustand in Kauf genommen worden wären. Der Naturschutz muss sich mit den Interessen der Menschen die Waage halten. Sonst blockiert er alles, macht den Neubau unmöglich und führt zur Wohnungsnot. Wollen wir das?

Was für eine Vielfalt ist das, in der Frauen in Unfreiheit leben, mitten unter uns, in der Homosexuelle sich nicht mehr frei bewegen können, in der über Jahrhunderte erkämpfte Rechte in Frage gestellt werden. Und wie sieht die Gemeinschaft aus, in die integriert werden soll, was hält uns zusammen?

ISLAMISMUS: UNTERSCHÄTZTE GEFAHR

11. September 2001. Wir feierten in der Großfamilie einen Geburtstag, Kinder rannten herum, es gab Diskussionen und gutes Essen und dann kamen die ersten Nachrichten. Die Anschläge auf das World Trade Center in New York wurden von Terroristen verübt, die zuvor seelenruhig in Deutschland gelebt und sich hier radikalisiert hatten. Natürlich hatte ich mir auch zuvor schon Gedanken über den radikalen Islam gemacht, erkennbar hatte die Bewegung in Afghanistan ein Terror-Regime aufgebaut. Aber jetzt war der Heilige Krieg bei uns, in New York, in unserem Fernseher und, wie wir schnell erfuhren, in unserer Stadt: Am selben Abend, als die Türme einstürzten, wurde in der Al-Nur-Moschee in Neukölln ein Freudenfest gefeiert. Feuerwerk stieg auf. Menschen Berlin freuten sich über den Massenmord in New York.

Von diesem Tag an war alles anders. Wer jetzt die Zeichen an der Wand nicht sah, der musste blind sein. Mit großem Interesse verfolgt ich seitdem den »Al-Quds-Tag«, an dem sich einmal im Jahr, auf den Straßen Berlins und in anderen Hauptstädten, in Sprechchören und auf Fahnen ein enormer Hass gegen Israel entlädt. Der »Al-Quds-Tag« ist ein willkürliches Datum, erfunden 1979 von Ajatollah Khomeini im Iran. Der wild gewordene Prediger forderte seine Islamisten auf, die Welt zu erobern, insbesondere Jerusalem, und bei dieser Gelegenheit Israel zu vernichten. Dieser Auftrag besteht fort und wird von der Hamas ernst genommen. In den Jahren 2015 und 2016 folgten dann die Anschläge in Deutschland, Frankreich und anderen Ländern.

Nach dem 7. Oktober 2023, als Israel von bewaffneten Terroristen der Hamas überfallen wurde, bot sich auf den Straßen von Neukölln ein verstörendes Bild: Menschen kamen zusammen und feierten das Massaker an den Juden. Sie schnitten eine Torte an, klatschten und tobten. Tag für Tag zogen Demonstranten über die Sonnenallee zum Hermannplatz und wünschten Israel den Tod. Radikale Palästinenser und islamistische Gruppen führten die schauerlichen Umzüge an, begleitet von deutschen Linksextremisten, die den Staat Israel nicht als das verstehen wollen, was er ist: die demokratische Heimat der Juden, ein freier Rechtsstaat, in dem Millionen Muslime vollkommen gleichberechtigt und in Frieden leben. Das alles lassen die Demonstranten unter den Tisch fallen. Stattdessen sprechen sie von einem Vorposten des Imperialismus, von Apartheid und Völkermord und reihen eine Lüge an die andere. Sie marschieren Arm in Arm mit jenen, die eine islamistische Diktatur anstreben, den Kalifatstaat – und merken es nicht einmal.

Neuköllns Bürgermeister Martin Hikel wollte das nicht so stehen lassen. Er bat Vereine, Kulturzentren und alle Religionsgemeinschaften im Bezirk, eine »gemeinsame Erklärung« zu unterzeichnen, die er verfasst hatte und mit der die Gräueltaten in Israel verurteilt werden sollten. Die christlichen Kirchen und insgesamt 20 Vereine unterschrieben sofort. Von den zehn großen Moscheegemeinden in Neukölln meldeten zwei den Eingang des Schreibens, alle anderen ignorierten es komplett. Auch die zwei Gemeinden, die sich zurückmeldeten, verweigerten ihre Unterschrift. Kein Wort der Anteilnahme, keine Verurteilung der schwersten Verbrechen an Menschen kam den Vertretern einer Religion über die Lippen, die sich als Religion des Friedens und der Menschlichkeit versteht.

Wenn ich mit Muslimen spreche, teilen viele meine Sorge. Der radikale politische Islam hat in Deutschland eine Heimat gefunden. Anstatt nun aber Lösungen und Antworten zu suchen, zeigen Politiker gern mit dem Finger aufeinander, reden von Vielfalt und Integration und von Ausgrenzung und Diskriminierung. Die alten Feindbilder von links und rechts, von gut und böse, sie taugen aber leider nicht, wenn es um diese neu importierte Bedrohung der Freiheit geht. Was für eine Vielfalt ist das, in der Frauen in Unfreiheit leben, mitten unter uns, in der Homosexuelle sich nicht mehr frei bewegen können, in der über Jahrhunderte erkämpfte Rechte in Frage gestellt werden. Und wie sieht die Gemeinschaft aus, in die integriert werden soll, was hält uns zusammen?

08.01.2023, 18:21 UHR

IST MAN EIN RASSIST, WENN MAN NACH DER HERKUNFT DER TÄTER FRAGT?

SPD, Grüne und Linke stürzen sich gemeinsam auf die CDU, weil die über den Migrationshintergrund der Silvester-Randalierer reden will. Doch damit lenken sie nur vom Thema ab.

Nach den Silvester-Krawallen ist in der Berliner Politik der große Streit um die Ursachen entbrannt.

In der Nacht zu Neujahr wurden vor allem im Bereich Hermannplatz, Sonnenallee und Gropiusstadt hemmungslos Rettungsfahrzeuge angegriffen und 41 Polizisten zum Teil schwer verletzt. Unter den 145 festgenommenen Tatverdächtigen waren 140 Männer, überwiegend jung, 27 von ihnen sogar unter 18 Jahre alt.

SPD, Linke und Grüne stürzen sich seitdem gemeinsam auf die CDU, weil sie nach der Herkunft der Gewalttäter fragt. »Der Täterkreis muss klar benannt werden«, sagt CDU-Spitzenkandidat Kai Wegner und fordert, dass die Polizei nicht nur die Staatsangehörigkeit der Tatverdächtigen bekannt gibt, sondern auch deren Namen, auch den Vornamen.

Wegner will darauf hinaus, dass die Mehrheit der Silvester-Täter augenscheinlich aus arabischen oder afghanischen Milieus stammt, in denen der deutsche Staat abgelehnt und die hiesige Kultur verachtet wird. Auch wenn sie einen deutschen Pass hätten, sei dieser Einfluss maßgeblich.

Dafür handelte sich Wegner von Rot-Grün-Rot den Vorwurf des Rassismus ein. Die CDU frage offenbar deshalb »nach den Vornamen der deutschen Tatverdächtigen, um ihnen damit das

Deutschsein abzusprechen«, behauptete der Linken-Abgeordnete Niklas Schrader auf Twitter.

Ist dieser Vorwurf gerechtfertigt? Nein, natürlich nicht, denn Wegner will ja Menschen mit deutschem Pass und ausländischer Herkunft nicht herabwürdigen. Er will auf ein großes Problem hinweisen und auf die Milieus einwirken, aus denen die Silvester-Gewalt kam. Deshalb besuchte er am Freitag demonstrativ den Jugendsporttrainer Izzet Mafratoglu, der sich um Gewaltprävention und Integration im »Steinmetzkiez« von Schöneberg bemüht.

Und natürlich muss die Ursache benannt und erforscht werden. Von den 145 Festgenommenen der Silvesternacht haben 111 einen ausländischen Pass. Elf von ihnen haben zwei Staatsangehörigkeiten, die deutsche und eine andere. Die größten Gruppen stellen die Afghanen mit 27 und die Syrer mit 21 Tatverdächtigen.

Warum haben die jungen Silvester-Männer überwiegend einen nahöstlichen Hintergrund und keinen norwegischen, tschechischen, russischen, ukrainischen oder spanischen?

Diese Frage muss man natürlich stellen. Da hilft es nicht weiter, wenn die Regierende Bürgermeisterin Giffey (SPD) erklärt, es seien doch alles »Berliner Kinder«. Und wenn Senatorin Jarasch, die Spitzenfrau der Grünen, behauptet, dass es egal sei, welchen Migrationshintergrund die Täter hätten, führt uns das auch nicht weiter.

Diese Kommentare verschleiern die Wirklichkeit. Dabei muss es doch unser aller Interesse sein, dass es in Berlin-Neukölln nicht so weit kommt, wie in Brüssel-Molenbeek oder in den Banlieus von Paris, wo die Gewalt außer Kontrolle geraten ist.

26.11.2023, 19:08 UHR

WER DIE GEWALT GEGEN FRAUEN BEKÄMPFEN WILL, MUSS DIE TÄTER BENENNEN

Eine Konferenz im Abgeordnetenhaus beschäftigt sich ausschließlich mit der Gewalt von rechten Männern gegen Frauen. Dabei bleibt die wichtigste Tätergruppe unerwähnt.

Immer am 25. November ruft die UNO den »Internationalen Tag zur Beseitigung von Gewalt gegen Frauen« aus. Deshalb hisste Wirtschaftssenatorin Franziska Giffey (SPD) am Freitag eine Fahne vor dem Roten Rathaus. »Wir setzen ein klares Zeichen gegen den erstarkenden Antifeminismus«, sagte sie.

Der Regierende Bürgermeister Kai Wegner (CDU) schrieb in einem Grußwort: »Gewalt gegen Frauen ist eine der am weitesten verbreiteten Menschenrechtsverletzungen.«

Beide haben recht, vor allem Frau Giffey, denn die Gewalt gegen Frauen nimmt auch in Berlin zu. Beide haben aber nicht erklärt, von welchen Männern sie ausgeht.

Dazu ist am Montag eine Konferenz im Abgeordnetenhaus geplant. Eingeladen hat die »Überparteiliche Fraueninitiative Berlin – Stadt der Frauen e. V. (ÜPFI)«, die von den Frauenrechtlerinnen Helga Hentschel (Grüne) und Carola von Braun (FDP) geleitet wird.

Sie wollen auch eine Fahne hissen. Dann beginnt die Konferenz mit dem Thema: »Der Rechtspopulismus und die Krise der Männlichkeit: Geschlechterbilder und Gewalt gegen Frauen.« Es geht um »Misogynie« (Frauenfeindlichkeit) und »toxische Männlichkeit«.

Das sind in der Tat wichtige Themen, nur fragt man sich, weshalb sie auf rechte Politiker reduziert werden. Warum wird nicht auch die männliche Gewalt gegen Frauen in anderen Milieus, zum Beispiel unter Einwanderern aus anderen Kulturkreisen thematisiert?

Darauf antwortete uns Helga Hentschel: »Unser Zeitvolumen von 90 Minuten ist für dieses Thema schon recht kurz. Alle Aspekte, auch die von Ihnen angesprochene Gewalt in migrantischen Milieus, in einer Veranstaltung zu diskutieren, würde nur eine sehr oberflächliche Diskussion und keine neuen Erkenntnisse ermöglichen.«

Es scheitert also an der zu kurz bemessenen Zeit? Dann sollte man die Konferenz verlängern, um auch jene Milieus zu beleuchten, in denen Frauen systematisch untergeordnet sind. Oder um die Frage zu klären, woher die Zunahme der Aggression auf offener Straße kommt.

Im vergangenen Jahr wurden in Berlin 4210 Frauen Opfer von Gewalt im öffentlichen Raum. 2021 waren es 3826 Frauen, 2020 wurden 3544 Opfer gezählt und 2019 waren es 3096 Opfer.

Das Bundeskriminalamt machte bereits im Sommer 2022 darauf aufmerksam, dass Deutsche 20-mal mehr Opfer einer Sexualstraftat durch Zuwanderer werden als umgekehrt Zuwanderer durch deutsche Täter. Im Bereich der Gruppenvergewaltigung sind etwa 50 Prozent der Tatverdächtigen Ausländer, bei einem Ausländeranteil von 14 Prozent in der Bevölkerung.

Vor diesem Hintergrund ist es befremdlich, wenn sich eine offizielle Veranstaltung im Abgeordnetenhaus ausschließlich mit rechten Männern befasst.

Die Auswahl lässt vermuten, dass die Konferenz ideologisch vorbelastet ist und die wichtigste und größte Tätergruppe aussparen will. So wird man die Gewalt gegen Frauen nicht bekämpfen können.

11.03.2024, 18:22 UHR

KERKELING ERWÄHNT NICHT, WOHER DER GRÖSSTE HASS AUF HOMOSEXUELLE KOMMT

Schade, dass der Entertainer die ganze Wahrheit nicht beim Namen nennt. Seine Prominenz gebietet eigentlich, dass er es tun müsste.

Nach zehn Jahren in Berlin zog Hape Kerkeling 2017 nach Köln zurück. 2023 nannte er in der ZDF-Sendung »Maybrit Illner« den Grund: »Die Atmosphäre ist deutlich homophober geworden«, sagte er.

Jetzt, zum Kino-Start des vierten Teils von »Kung Fu Panda«, dem er die Stimme gibt, wiederholte Kerkeling diese Begründung gegenüber der B.Z.: »Tatsächlich hatte ich den Eindruck, dass die Atmosphäre in dieser wunderschönen Stadt etwas homophober wurde.«

In einem weiteren Interview im Tagesspiegel konkretisierte er seine eigenen Erfahrungen: »Viele Menschen erkennen mich und wissen, dass ich homosexuell bin. Das kann zu unangenehmen Situationen führen und das hat es auch.«

Kerkeling erklärt, wie es zur Zunahme der Homophobie aus seiner Sicht gekommen sei: »Durch einen Rechtsradikalismus, der mutiger geworden ist.« Zum Nachweis führt Kerkeling eine »ganz fürchterliche Bärgida-Demonstration« auf der Kantstraße an, die »völlig aus dem Ruder gelaufen« sei.

»Bärgida« nannte sich eine Bewegung, die ab 2015 regelmäßig in Berlin gegen Migration protestierte. Dort marschierten auch Rechtsextremisten mit. Kerkeling hat aus den Reihen dieser Demonstranten Hass erlebt, auch auf Homosexuelle.

Seine Schlussfolgerung aber ist falsch, dass der zunehmende Hass auf Homosexuelle nur von Rechtsextremisten ausgehe. Die sind in Berlin das kleinere Problem.

Die Polizei bestätigt, dass die Gewalt gegen schwule Männer und lesbische Frauen zunimmt. 90 Prozent der Täter sind junge Männer. Der Anteil der unter 20-jährigen Tatverdächtigen wird größer.

Die Polizei registriert in der Statistik als Persönlichkeitsmerkmale nur Alter, Geschlecht und Staatsangehörigkeit, nicht aber Religionszugehörigkeit und Migrationshintergrund.

Also muss man sich die Fahndungsfotos ansehen und Berichten der Opfer Gehör schenken. Demnach sind die Täter häufig arabischer oder türkischer Herkunft.

Das trifft auf Neukölln, Kreuzberg und insbesondere auf die Gegend rund um den Nollendorfplatz in Schöneberg zu. Dort fürchten sich homosexuelle Paare schon seit einigen Jahren davor, am späten Abend als solche auf der Straße erkannt zu werden. Und das in einer Gegend, die mehr als 100 Jahre lang ein beliebter und sicherer Treffpunkt homosexueller Menschen aus ganz Europa war.

Man kann es auch etwas drastischer formulieren: Aus dem Nahen Osten wandert nicht nur der Hass auf Juden ein, wie man es auf den Straßen von Neukölln sehen kann, sondern auch der Hass auf Homosexuelle.

Hape Kerkeling muss das wissen, aber er erwähnt diese beunruhigende und unaufhaltsame Entwicklung nicht. Stattdessen erklärt er in einem weiteren Interview bei »t-online« die AfD zum größten Übel, das bekämpft werden müsse. Den Kung-Fu-Panda stilisiert er entsprechend zum Vorbild für diesen Kampf.

Schade, dass Kerkeling die ganze Wahrheit nicht beim Namen nennt. Seine Prominenz gebietet eigentlich, dass er es tun müsste.

15.09.2022, 17:41 UHR

WENN JUDEN BEDROHT WERDEN, SOLLTEN WIR SAGEN, WER SIE BEDROHT

Der Antisemitismus der Straße in Berlin ist zu großen Teilen ein Import aus dem Nahen Osten. Diese Wahrheit wird auf der politischen Bühne verschwiegen.

Am Dienstag wurde Ariel Kirzon, der Rabbiner der Jüdischen Gemeinde Potsdam, in Berlin bedroht. Er war mit seinem 13-jährigen Sohn am U-Bahnhof Westphalweg unterwegs und telefonierte in hebräischer Sprache.

»Ich war eindeutig als Jude zu erkennen, als mich plötzlich ein arabisch aussehender Mann beschimpfte und angriff«, berichtet der Rabbiner. Der unbekannte Täter habe ihn angerempelt, als »schrecklichen Sch...juden« bezeichnet und die Hand gehoben, als wolle er zuschlagen.

Ariel Kirzon erstattete Anzeige und beschrieb den Täter. Doch die meisten Medien gaben diese Beschreibung nicht weiter. Und auch die Polizei sprach nur von einem »unbekannten Mann«, der sich nach der Tat »in Richtung Bahnhof Westphalweg« entfernt habe.

Genauso war es auf der politischen Bühne. Für den Senat meldete sich Senatorin Bettina Jarasch (Grüne) zu Wort. Sie schrieb auf Twitter, dass »wir im Kampf gegen den Antisemitismus nicht nachlassen dürfen«. Dem Rabbiner versprach sie: »Ich stehe solidarisch an Ihrer Seite.«

Auch der Bürgermeister von Tempelhof-Schöneberg, Jörn Oltmann (Grüne), beließ es bei allgemeinen Worten: »Wir setzen diesem Antisemitismus unser solidarisches Miteinander entgegen.« Und er versprach: »Wir stehen dafür ein, dass alle

Bewohner_innen von Tempelhof-Schöneberg sich zu jeder Tages- und Nachtzeit angstfrei bewegen können.«

Dieses Versprechen kann er offenbar nicht einhalten. Und es ist auch die Frage, welche Konsequenzen daraus folgen, wenn sich Frau Jarasch mit dem Rabbiner solidarisch erklärt.

Dessen Darstellung der Tat wirkt glaubwürdig und er weiß offensichtlich, wovon er spricht, denn er sei schon vor drei Jahren einmal in Berlin beleidigt und bedroht worden, nur weil er Jude ist.

Seine unangenehmen und gefährlichen Erfahrungen werden von vielen Menschen jüdischen Glaubens in dieser Stadt geteilt. Sie geben an, dass der Hass, der ihnen auf den Straßen dieser Stadt entgegenschlägt, eindeutig ein Import aus dem Nahen Osten ist, der durch Einwanderung oder durch das Internet und über Satellitenschüsseln immer weiter verstärkt wird.

Diese Entwicklung ist erkennbar, nicht nur für die betroffenen Juden, sondern für alle. Wer Augen hat, zu sehen, der sehe. Tatsächlich aber verschließen wir Augen und Ohren. Wir haben uns daran gewöhnt, dass auf Berlins Schulhöfen »Jude« wieder zum Schimpfwort geworden ist, ganz ähnlich wie in den 1930er-Jahren.

Immer heißt es vonseiten der Politik, der Antisemitismus habe keinen Platz in Deutschland, doch er hat eben überall einen Platz und er greift nach neuem. Der arabische Antisemitismus wird nicht gerne beim Namen genannt, zu groß ist die Angst, dass man sich dem Vorwurf des »antimuslimischen Rassismus« aussetzen könnte.

Und so wird die Lage für die Juden immer schwieriger, in einer Stadt, die sich geschworen hatte, dass genau das nie wieder geschehen würde.

30.11.2022, 18:02 UHR

WER BEKÄMPFT DIESEN HASS AUF JUDEN IM BERLINER FUSSBALL?

Auf einem Platz in Charlottenburg wurden jüdische Spieler schwer bedrängt. Ein Sportgericht verurteilte die Täter. Doch das reicht nicht aus in einer Stadt, die sich geschworen hat, dass Juden hier nie wieder bedroht werden.

Charlottenburg, 13. November 2022: Der CFC »Hertha 06« (Bezirksliga, A-Jugend) empfängt die Spieler vom deutsch-jüdischen Verein »Makkabi« Berlin.

Während und nach dem Spiel werden die Gäste beleidigt, beschimpft und bedroht. Dieses Szenario ist nicht neu, doch dieses Mal hat der Schiedsrichter den Mut und verfasst ein Protokoll.

Daraufhin landet der Fall vor dem Sportgericht des Berliner Fußballverbandes. Urteil: Zwei Junioren-Spieler von Hertha 06 werden für jeweils zwei Jahre gesperrt, wegen »Diskriminierung, Beleidigung, Schiedsrichterbeleidigung und Bedrohung«. Außerdem muss der Club eine Geldstrafe von 1500 Euro zahlen und bekommt drei Punkte abgezogen.

Dass Gericht stellte fest, dass die Makkabi-Spieler viermal schwer bedrängt wurden. Erstens: Nach dem Abpfiff (7:4 für Makkabi) wollen sie vor einer israelischen Fahne posieren, weil einer von ihnen aus Israel stammt. Da brüllt ein Mitglied von Hertha 06: »Ich verbrenne euch und eure dreckige Fahne, ihr Bastarde, so wie die Deutschen das mit euch gemacht haben.«

Zweitens: Als der Schiedsrichter dafür die Rote Karte gibt, wird er selbst angegangen: »Du bist doch von den Juden gekauft!« Drittens: Kurz darauf zeigt ein anderer Hertha 06-Spieler mehrfach den Hitlergruß in Richtung der jüdischen Spieler.

Viertens: Als der Schiedsrichter auch ihm die Rote Karte zeigen will, ruft es aus dem Publikum: »Verpisst euch doch einfach, ihr Drecksvolk. Immer gibt es Stress mit euch. Immer provoziert ihr.«

Von einer Provokation sprach vor dem Sportgericht auch der Präsident von CFC Hertha 06, Ergün Caki, und meinte damit tatsächlich die Israel-Fahne im Publikum: »Wenn Makkabi so provoziert, dann werden die hier nie beliebt sein.«

Prozessbeobachter berichten, dass er darüber selbst immer noch ganz empört gewesen sei. Er erklärte das antisemitische Gebrüll seiner Spieler als Reaktion auf die Fahne, als wenn das ganz normal wäre.

Auch einer der beiden verurteilten Hertha 06-Spieler rechtfertigte seinen Hass-Ausbruch ganz ungeniert: Es gebe Palästinenser im Club, die wollten die Fahne mit dem Davidstern nicht sehen. Der andere verurteilte Spieler behauptete, er spreche nur arabisch und schwieg.

Das Spiel endete übrigens damit, dass die jüdischen Spieler derart verängstigt waren, dass sie fluchtartig den Platz verließen, die Hälfte von ihnen hatte noch gar nicht geduscht. Vom Gastgeber gibt es dafür bis heute keine Entschuldigung.

Wie gesagt, solche Szenen haben sich in den vergangenen Jahren immer wieder zugetragen, waren aber nicht dokumentiert. Jetzt hat ein Gericht gesprochen. Der Fall liegt für jeden sichtbar auf dem Tisch. Dennoch bleibt die ganz große Empörung aus. Warum?

Es gab einen Konsens in unserem Land, dass Juden hier nie wieder bedroht werden. Dieser Konsens wird bei Hertha 06 aufgekündigt und nicht nur dort. Das dürfen wir nicht zulassen, das darf es nicht geben.

04.01.2023, 18:04 UHR

FRAU POLIZEIPRÄSIDENTIN, DIESES FOTO MÜSSEN SIE UNS BITTE NOCH ERKLÄREN!

Wie war es möglich, dass sich ein SEK-Mann von einem Clan-Mitglied in den Arm nehmen und fotografieren ließ? Polizeipräsidentin Slowik gibt darauf keine sinnvolle Antwort. Das muss sie aber tun, denn hier geht es um das Vertrauen in den demokratischen Staat und seine Beamten.

Im Internet kursiert ein Foto. Es zeigt Firas Remmo vom Remmo-Clan. Er ist der Sohn des Clanchefs. Firas hat den Arm um einen Polizisten vom Berliner Spezialeinsatzkommando (SEK) gelegt und dann ein Selfie geknipst.

Das Foto ist am 27. Dezember 2022 entstanden, in der Remmo-Villa in Alt-Buckow. Dort wurde eine Hochzeit gefeiert. Die Gäste posierten mit einem echten Tiger, den sie von einem Zirkus entliehen hatten.

Daraufhin schritt das Bezirksamt ein. Zum Schutz der Mitarbeiter wurde die Polizei angefordert, die schickte das SEK, denn wenn es um Clans geht, dann sind Waffen im Spiel.

Als die Mitarbeiter des Bezirksamtes mit den SEK-Beamten in der Remmo-Villa in Alt-Buckow eintrafen, war der Tiger schon wieder fortgebracht.

Firas Remmo nutzte den kurzen entspannten Moment, legte den Arm um die Schulter eines Beamten und fotografierte. Sichtlich selbstbewusst und zufrieden lächelt er in die Kamera.

Wie war das möglich? Wie konnte Firas Remmo den SEK-Mann in den Arm nehmen, wie konnte er das Selfie knipsen? Warum konnte der Beamte das nicht verhindern?

Wir bekamen intern und inoffiziell die Auskunft, es habe sich um eine Maßnahme der »Deeskalation« gehandelt. Der Beamte hätte natürlich jeden abwehren können, der sich ihm nähert. Wofür sonst ist er ausgebildet?

Aber er sollte es nicht tun oder wenn, dann nur bei Gefahr im Verzuge. Warum? Aus zwei Gründen. Erstens sollte es keine Bilder geben von einem vermeintlich rabiaten Beamten auf einer vermeintlich friedlichen Hochzeitsfeier. Zweitens sollte eine mögliche gewalttätige Reaktion von Clan-Mitgliedern vermieden werden.

Offiziell behauptet die Polizei, der Beamte habe Firas »zur Seite gedrückt«, als er bemerkte, dass Firas das Mobiltelefon zum Fotografieren hob. Stimmt das? Wie konnte Firas dann noch knipsen und warum ließ sich der Beamte zuvor in den Arm nehmen?

Das Polizeipräsidium gab auf unsere detaillierte Nachfrage dazu bisher noch keine weitere Auskunft, will aber eine Stellungnahme nachliefern. Darauf hoffen wir, denn es geht um die Organisierte Kriminalität, eine Mafia, um es klar zu sagen, die ihre Macht mit allen Mitteln erweitert.

Das Selfie-Foto versinnbildlicht die grenzenlose Respektlosigkeit der Remmos und aller ihrer Brüder gegenüber dem demokratischen Staat, seinen Gesetzen und seinen Beamten. Sie lachen sich tot über die deutsche Polizei und ihre Deeskalation. Mit drastischen Worten artikulieren sie ihre Verachtung tagtäglich auf den Straßen von Neukölln.

Das Foto untergräbt außerdem auch vollkommen das Vertrauen der Bevölkerung darauf, dass dieser Staat energisch gegen die Organisierte Kriminalität vorgeht.

Niemals hätte es zu dieser Szene kommen dürfen. Und wenn es doch geschah, dann muss sich die Polizeipräsidentin dazu äußern und auch Konsequenzen ziehen, damit nie wieder ein solches Foto entstehen kann.

13.02.2023, 18:06 UHR

NOCH EINMAL GEFRAGT: WARUM IST DIESER CLAN-GANGSTER WIEDER FREI?

Die Clans lachen sich tot über den deutschen Staat, der sie mit Samthandschuhen anfasst. Kein Wunder, wenn man sich diese Geschichte vor Augen führt.

Der Berliner Schwerverbrecher Muhamed Remo (32) wurde 2021 zu acht Jahren und drei Monaten Haft verurteilt. Jetzt ist er auf freiem Fuß und posiert auf einem Foto, das ihn im Erdbebengebiet der Türkei zeigt.

Was er dort macht, wissen wir nicht, aber wir wissen, dass er im Maßregelvollzug landen sollte, also in der geschlossenen psychiatrischen Abteilung des Haftkrankenhauses. Denn er gilt als drogenabhängig, weshalb der Richter eine Therapie anordnete.

Da nun im Haftkrankenhaus kein Platz frei war, wurde Muhamed Remo aus der Haft entlassen. Wenn ein Platz frei wird, soll er wieder einrücken und nach der Therapie seine Haftstrafe verbüßen. Bei gutem Gelingen kann die Strafe zur Bewährung ausgesetzt werden.

Ist es angemessen, so nachlässig mit einem Muhamed Remo zu verfahren? Er ist der Neffe von Clan-Chef Issa Remmo (unterschiedliche Schreibweise der Behörden).

Der Remmo-Clan ist die wahrscheinlich größte kriminelle Vereinigung in Berlin, verantwortlich für Körperverletzung, Schutzgelderpressung, Raub, Drogenhandel, Waffenhandel, Geldwäsche, Hehlerei und Diebstahl. Muhamed selbst raubte am 19. Februar 2021 einen Geldtransporter aus und versuchte einen Polizisten zu töten.

Drei Fragen bedürfen jetzt der Klärung. Erstens: Warum gab es für ihn keinen Platz im Haftkrankenhaus? Der Maßregelvollzug ist seit vielen Jahren überfüllt, das weiß die Politik. Zuletzt wurde darüber am 29. November 2022 im Senat verhandelt.

Es fehlt an Gebäuden und Personal. Verantwortlich ist Gesundheitssenatorin Ulrike Gote (Grüne). Doch sie rührte keinen Finger, genauso wenig wie ihre Vorgängerin Dilek Kalayci (SPD). Wir haben es hier also mit einem massiven Versagen der Regierung zu tun.

Die zweite Frage geht an die Justiz: Nach dem Gesetz soll der Täter, wenn er zur Tatzeit drogenabhängig war, zuerst in den Entzug geschickt werden, dann in die Haft (§ 64 Strafgesetzbuch). Aber nur, »wenn eine hinreichend konkrete Aussicht besteht, die Person durch die Behandlung in einer Entziehungsanstalt (…) zu heilen oder über eine erhebliche Zeit vor dem Rückfall in den Hang zu bewahren (…).«

Diese Aussicht war im Falle Muhamed Remo nicht gegeben, denn er hatte bereits zuvor eine Therapie durchlaufen, ohne Erfolg. Warum bekam er dennoch wieder eine Therapie vor Antritt der Haft verordnet?

An wen soll man schließlich die dritte Frage richten: Wird Muhamed Remo freiwillig aus der Türkei zurückkehren und was geschieht, wenn er es nicht tut?

Immer wieder haben unsere Prozessbeobachter berichtet, wie sich die Clans totlachen, weil man sie mit Samthandschuhen anfasst. Sie zeigen dem Staat die lange Nase.

Kein Wunder, wenn Richter selbst gegenüber Schwerverbrechern zur Milde neigen und Gesundheitssenatorinnen ihre Pflicht vernachlässigen. Das ist wirklich ein lächerliches Bild.

08.02.2022, 18:23 UHR

DAS URTEIL GEGEN DEN AMOKFAHRER VON DER A 100 WIRKT HILFLOS

Wer ist ein Terrorist und wer einfach nur psychisch krank? Das ist bei Menschen aus Krisengebieten oft nur schwer zu klären. Richter und Gutachter sind überfordert. Dennoch wird das Problem auf der politischen Seite verschwiegen.

Was bezeichnen wir als Amoklauf und was als Terroranschlag? Wer kann entscheiden, welche Gewalttat aus einer psychischen Erkrankung resultiert und welche nicht?

Das Berliner Landgericht hat diese Frage in einem spektakulären Fall entschieden. Am 31. Januar wurde der Iraker Sarmad A. (31) als psychisch krank und nicht schuldfähig zum unbefristeten Verbleib in einer psychiatrischen Klinik verurteilt.

Vor anderthalb Jahren, am Abend des 19. August 2020, fuhr Sarmad A., ein abgelehnter Asylbewerber, mit seinem Opel Astra auf der Stadtautobahn in Schöneberg. Mit hoher Geschwindigkeit rammte er absichtlich Autos und drei Motorradfahrer. Drei Menschen wurden schwer verletzt. Einer von ihnen ist heute schwerbehindert.

Als Sarmad A. sein Auto verließ, rief er auf Arabisch »Gott ist groß« und »Alle werden sterben«, dann rollte er einen Gebetsteppich aus. Auf Facebook nannte er sich einen »Märtyrer«.

Innensenator Geisel (SPD) sprach von einem Angriff »aus islamistischer Motivation heraus, gepaart mit psychischen Motiven des Täters«.

Das Landgericht sah es als erwiesen an, dass Sarmad A. töten wollte. Schuldfähig sei er aber nicht, er habe »im Wahn« gehandelt. Das Gericht konnte außerdem keine »islamistische Motivation« erkennen. Wohl aber seien »religiöse und islamistische Elemente« im Wahn des Mannes »enthalten« gewesen.

Diese Unterscheidung macht uns auf ein großes Problem aufmerksam: Die Richter stützen sich auf Gutachten, die Gutachter aber sind zwangsläufig überfordert. Denn die Grenzen zwischen der Radikalisierung ohne Wahn, die zur Gewalt führt, und dem reinen Wahn, der ebenfalls zur Gewalt führt, sind schwer zu erkennen.

Der Professor für Sicherheitsstudien am King's College in London, Peter Neumann, spricht von einer »Vermischung von psychischen Auffälligkeiten auf der einen und extremistischer Rhetorik (...) auf der anderen Seite«. Es sei schwer zu beurteilen, ob der Täter ein Terrorist ist »oder jemand, der vor allem psychische Probleme hat.«

Besonders schwer ist das bei Migranten zu unterscheiden, die aus Krisengebieten kommen. Das erklärt Lars Rückheim von der Abteilung Terrorismus beim Bundeskriminalamt so: »Viele dieser Menschen haben dort traumatische Erlebnisse gehabt, die potenziell geeignet sind, entsprechende Störungen und Erkrankungen auszulösen.«

Sarmad A. kam aus einem Krisengebiet und auch der Afghane Abdul Malik A. (29), der am 4. September in Wilmersdorf die Anwohnerin Regina G. (58) mit einem Messer ermorden wollte. Sie ist heute halbseitig gelähmt.

Abdul Malik A. war beides: psychisch auffällig und aufgehetzt durch islamistische Propaganda.

Was also tun? Schwer zu sagen. Wer aber so viele Menschen aufnimmt wie Deutschland, der darf solche Probleme zumindest nicht verschweigen und schon gar nicht leugnen.

24.04.2022, 18:15 UHR

DER MESSER-ANGRIFF VOM OSTKREUZ SOLLTE UNS SEHR ZU DENKEN GEBEN

Ein Fahrgast wird hinterrücks und willkürlich niedergestochen, ohne Anlass, ohne Grund. Dieses unfassbare Verbrechen mitten im Alltag weist auf ein größeres Problem hin.

Es ist der schlimmste Albtraum: Du wartest auf die S-Bahn und bekommst ein Messer in den Rücken.

So geschah es am letzten Dienstag im Bahnhof Ostkreuz. Der 29-jährige Mouhammed N. aus dem Irak geht um 6.40 Uhr über den Bahnsteig. Er hält ein Messer in der Hand, die Klinge zeigt nach hinten. Er nähert sich einem 46-jährigen Fahrgast, den er nicht kennt und der ihn nicht kommen sieht, und rammt ihm das Messer in den Körper.

Der Schwerverletzte rettet sich zu Mitarbeitern der Bahnsicherheit, die den Täter festhalten können. Das Messer liegt im Gleisbett.

Als die Polizei eintrifft, stellt man fest, dass Mouhammed N. dringend gesucht wird und zwar mit fünf (!) Haftbefehlen. Fünf Mal wurde er verurteilt, darunter vier Mal wegen Diebstahls.

Ein Urteil lautete auf 600 und eins auf 2380 Euro Geldstrafe, ein weiteres auf sechs Monate und das vierte auf acht Monate Gefängnis. Das fünfte Urteil bezog sich auf Drogen: wieder eine Geldstrafe.

Mouhammed N. tauchte immer wieder unter. Die Staatsanwaltschaft stellte Haftbefehle aus, doch die Polizei vollstreckte sie nicht, entweder, weil sie Mouhammed N. nicht fand oder weil sie ihn gar nicht suchte. Diese Frage ist offen.

Über den 46jährigen Mann, dem Mouhammed N. das Messer in den Rücken rammte, wissen wir nichts. Während der Ermittlungen gibt die Polizei keine Auskunft.

Er wird den Anschlag hoffentlich überleben, aber er wird wahrscheinlich nie wieder leben wie bisher. Ein solches Trauma kann man kaum verarbeiten. Und deshalb sollten wir diesem Überfall Beachtung schenken.

Das Gegenteil ist geschehen. Die Tat ging vollkommen unter. Wie ist das möglich? Sind wir derart abgestumpft, dass wir es achselzuckend zur Kenntnis nehmen, wenn ein Mensch im ganz normalen Alltag einem derartigen Verbrechen zum Opfer fällt? Das kann nicht sein. Wir müssen erschrecken.

Und wir knüpfen Fragen daran: Warum wurde Mouhammed N. nicht gefasst, obwohl fünf Haftbefehle vorlagen? Wer behält den Überblick über Asylbewerber, die vom Wege abkommen?

Wir können philosophieren, warum Mouhammed N. zustach. Hat er sich islamistisch radikalisiert, war er psychisch krank, nahm er Drogen oder alles zusammen? Das wird uns nicht weiterhelfen.

Wie gehen wir damit um, dass Menschen in unser Land kommen, die von Gewalt gezeichnet sind und selbst gewalttätig werden? Ihre Spur verliert sich hier und sie tauchen erst wieder auf, wenn sie Unheil anrichten.

So geht es nicht. Wir müssen ehrlich sein: Wollen wir auch in Zukunft Menschen aufnehmen, die in Not geraten? Das wird schwierig, wenn wir Kontrollen bei der Einreise weiterhin ablehnen. Und wenn wir Straftäter nicht abschieben, wird es unmöglich. Probleme lösen sich nicht, indem man sie totschweigt.

13.03.2024, 18:37 UHR

DER RAMADAN WIRD POLITISCH ÜBERHÖHT, DAS IST UNNÖTIG

Der Ramadan ist ein großes Fest, das die Muslime feiern. Die mahnenden Worte der Politiker in Richtung aller anderen Bürger im Land sind fehl am Platz.

Der Ramadan ist ein muslimisches Fest des Fastens und der Besinnung. In diesem Jahr fällt er mit der Passionszeit zusammen, der christlichen Zeit der Einkehr vor Ostern.

Während die christliche Passionszeit und Ostern, wie auch das jüdische Pessach-Fest, im privaten Rahmen bleibt, wird der Ramadan plötzlich auf die politische Bühne gehoben.

Begonnen hat es mit der festlichen Beleuchtung in Frankfurt. Der Festakt zur Eröffnung ging schief. Unter die Gäste mischten sich Muslime, die »Alahu Akbar« riefen.

Diese Formel wird nach vielfältigem Missbrauch nicht als Zeichen der Verständigung und der Integration verstanden, sondern als Provokation und als Zeichen der Überlegenheit.

Entsprechend sind die Gegenreaktionen: Die Festbeleuchtung stößt auf keinerlei Sympathie im Land, sondern regelrecht auf Ablehnung.

Das Gegenteil von dem wurde erreicht, was erreicht werden sollte: Die grüne Bürgermeisterin Nargess Eskandari-Grünberg wollte ein Zeichen für Frieden und Toleranz setzen und vertieft doch nur die Gräben.

Was gut gemeint ist, bringt nicht immer Gutes hervor, das ist bekannt und so kommt es auch jetzt. Dass ein großes Fest der Muslime zum Anlass genommen wird, um alle anderen an die ihnen unterstellte Intoleranz zu erinnern, sorgt nicht für gute Stimmung und schon gar nicht für Verständigung.

In Frankfurt sollen die Lichter eine Mahnung sein, der Bundeskanzler fordert zum Zusammenhalt auf und warnt vor der Spaltung der Gesellschaft. Er nennt als Verursacher der Spaltung die politische Rechte. Er ignoriert – absichtlich oder ungewollt –, dass natürlich auch der radikale Islam, insbesondere der politische Islam, die Spaltung aktiv herbeiführt, indem er die Integration verhindert.

Die eifrigen Glückwünsche aus der Politik, manche auch noch mit unglücklichen und unklaren Verweisen auf die Lage in Israel, sind vor diesem Hintergrund naiv. Und der Bundeskanzler ist nicht der Einzige, der mahnende Worte mit dem Ramadan verbindet: Viele Politiker haben Grußbotschaften formuliert.

Aus ihnen ragt der erhobene Zeigefinger hervor, klingt die Behauptung an, die Mehrheitsgesellschaft sei intolerant gegenüber dem Islam.

Es gibt aber kaum eine tolerantere Region in der Welt als Nordeuropa, dazu gehört Deutschland. Und wenn Menschen hier Vorbehalte gegenüber dem Islam entwickeln, dann vor allem deshalb, weil sie verunsichert sind.

Sie sind verunsichert, weil im Namen dieser Religion auch heute noch Gewalttaten verübt werden, weil man nicht weiß, wo die Linie verläuft zwischen dem Islam als frommer Anbetung Gottes und dem politischen Islam, der einen Herrschaftsanspruch hat und diesen Anspruch auch durchsetzt, wie man es überall in der Welt beobachten kann.

Solange so viele deutsche Moscheegemeinden in der Hand des türkischen, des iranischen und vieler arabischer Staaten sind, deren Regierungen gegen Juden hetzen und übrigens auch gegen Christen, wird diese Unterscheidung auch nicht einfacher.

In Deutschland herrscht Religionsfreiheit. Muslime können ihre Religion frei ausüben, ihre Feste feiern, niemand hindert sie daran. Und wenn sie zum Ramadan einladen, so feiern die Eingeladenen mit. Ich tue es. Mit der Inszenierung im öffentlichen Raum aber sollte man vorsichtig sein.

Berlin hat den militanten Linksextremismus jahrzehntelang erstaunlich gut abgewehrt. Aber dennoch hat dessen destruktive Ideologie ihre Spuren hinterlassen. Drei von fünf Parteien sind extremistisch indoktriniert, dazu zählen nicht nur Linke und Grüne, sondern auch der Landesverband der SPD in Berlin.

LINKSRADIKALE: OHNE SINN UND VERSTAND

1967, als die Demonstrationen der Studentenbewegung in Gewalt umschlugen, war ich noch im Kindergarten. Die Studenten nannten sich Außerparlamentarische Opposition, kurz APO, und der Begriff tauchte in den Gesprächen meiner Eltern und Lehrer im Laufe der kommenden Jahre immer häufiger auf. Ich mochte das lustige Wort »APO«. Erst sehr viel später verstand ich, was gemeint war: Diese Bewegung, in deren Mittelpunkt der Sozialistische Deutsche Studentenbund (SDS) wirkte, nannte sich deshalb außerparlamentarisch, weil seine Wortführer die parlamentarische Demokratie nicht anerkannten. Sie wollten ein Rätesystem oder eine bolschewistische Diktatur. Nichts an dieser Bewegung war harmlos oder lustig. Aus ihr entwickelte sich eine demokratiefeindliche Tradition, die am 2. Juni 1971 begann. An diesem Tag wurde die Gruppe »Bewegung 2. Juni« gegründet, sie verübte in den folgenden Jahren Brandanschläge und Bombenattentate. 1974 ermordeten die Mitglieder dieser Gruppe den Präsidenten des Kammergerichts, Günter von Drenkmann. 1975 dann kam ich eines Morgens in die Schule und sah schon auf dem Hof wild diskutierende Grüppchen, alles waren aufgewühlt, entsetzt, es gab nur ein Gesprächsthema: Nicht weit von unserer Schule entfernt war an diesem Tag der Berliner CDU-Vorsitzende Peter Lorenz (1922–1987) entführt worden. Er war in eine Falle geraten, ein LKW blockierte seinem Wagen den Weg, der Fahrer wurde niedergeschlagen, Lorenz überwältigt. Einen Tag später wurden die Forderungen der Entführer öffentlich: Die »Bewegung 2. Juni« wollte inhaftierte Genossen freipressen.

Lorenz war das erste Opfer einer politisch motivierten Entführung und Erpressung. Weitere sollten folgen, denn die »Bewegung 2. Juni« ging in der »Rote Armee Fraktion« (RAF) auf, die 34 Unternehmer, Manager, Polizisten und Politiker ermordete und mit ihren Attentaten unzählige Menschen traumatisierte. Die Gründerin der RAF, Ulrike Meinhof, bezeichnete Polizisten als »Schweine«, sie seien keine Menschen. Ihr Co-Gründer Andreas Baader war ein Schwerkrimineller, der sich mit politischen Phrasen schmückte. Im Umfeld dieser Leute gab es viele gewaltbereite Linke, die auf einer Demonstration nach der anderen die Polizei angriffen.

Die RAF und andere militante Gruppen waren eingebettet in eine große Unterstützerszene, die weit in die in den 1970-Jahren gegründete grüne Partei hineinreichte und sich gegen demokratische Politiker, die Marktwirtschaft und den Staat Israel wandte. Weil dieser Linksextremismus nie aufgearbeitet und immer verharmlost wurde, findet er jetzt seine Nachfolger. Die geistigen Enkel des SDS und der RAF waren nicht nur in besetzten Häusern und bei den sogenannten »Autonomen« zu finden. Sie unterwandern die radikalen Umweltgruppen, die Flüchtlingshilfe und die Enteignungsaktivisten. Das Bundesinnenministerium warnt davor, dass Linksextremisten heute wieder dazu übergehen, einzelne Menschen aus politischen Gründen direkt anzugreifen und selbst im Untergrund zu verschwinden. Heute suchen sich die Enkel des Terrors neue Themen, sie kämpfen gegen den Klimawandel und neuerdings auch gegen den Autobauer Tesla. Immer geht es um Unternehmen und Konzerne, die in vulgär-marxistischer Art als »Kapitalismus« bezeichnet und für alles Übel dieser Welt verantwortlich gemacht werden.

Berlin hat den militanten Linksextremismus jahrzehntelang erstaunlich gut abgewehrt. Aber dennoch hat dessen destruktive Ideologie ihre Spuren hinterlassen. Drei von fünf Parteien sind extremistisch indoktriniert, dazu zählen nicht nur Linke und Grüne, sondern auch der Landesverband der SPD in Berlin. Alle drei fordern die Enteignung von Wohneigentum, dabei war die politisch motivierte Enteignung von Privatbesitz eigentlich ein Tabu nach den Schrecken des Dritten Reiches und der SED-Diktatur in der DDR.

Mit bunt bemalten Bettlaken und Bullerbü-Plakaten, mit Gemüsebeeten auf Straßenkreuzungen, mit lustigen Wörtern und Weltretterfantasien konnten Linksextremisten über Jahrzehnte täuschen. Ihr Erfolg ist beeindruckend: Rezepte aus der Steinzeit des Sozialismus sind heute wieder salonfähig. Auch ich hatte als junger Mann Sympathien für die Hausbesetzer und Weltverbesserer, ich habe sie kennengelernt. Und darum weiß ich heute, dass sie überhaupt nicht lustig sind und ganz gewiss nicht harmlos.

01.06.2021, 18:10 UHR

SCHON SEIT 50 JAHREN MUSS BERLIN DIE GEWALT VON LINKS ERTRAGEN

Die Gewalt der Linksradikalen fußt in Berlin auf einer bösen Tradition und hat 2020 einen neuen Höhepunkt erreicht. Von den regierenden Politikern wird diese Gefahr nicht ernst genug genommen.

Die Bilanz ist erschreckend: Im Jahr 2020 hat die Gewalt von links in Berlin deutlich zugenommen. Das ist aus der polizeilichen Kriminalstatistik abzulesen und auch aus dem Bericht des Berliner Verfassungsschutzes.

Demnach stieg die Zahl der registrierten Gewaltdelikte von Linksextremisten gegenüber 2019 um 66,9 Prozent auf 439. Die linke Gewalt in Berlin war 2020 größer als die rechte und die islamistische zusammen. Die Zahl der rechtsextremistisch motivierten Gewalttaten nahm 2020 um 5,6 Prozent auf 170 zu.

Die dramatische Entwicklung der Gewalt von links findet in der Öffentlichkeit wenig Beachtung. Und auch der Senat scheint darüber nicht sonderlich besorgt zu sein. Diesen Eindruck bestätigte der Abgeordnete Stephan Lenz (CDU) nach einer Sitzung im Abgeordnetenhaus im Mai.

Dort wurden die Zahlen erörtert. Die Gewalt von rechts habe bei den Regierungsvertretern für Empörung gesorgt, nicht aber die Gewalt von links. Lenz: »Der Senat misst offenbar mit zweierlei Maß.«

Dabei ist im Bericht des Verfassungsschutzes deutlich zu lesen, welche Gefahr von den Linksextremisten droht. Es gehe ihnen »letztlich um die Abschaffung der freiheitlichen demokratischen Grundordnung« (Seite 76). Ihre Gewalt habe sich 2020 »verstärkt gegen Einzelpersonen gerichtet« (Seite 5).

Der Verfassungsschutz bestätigt damit eine Tendenz, nach der sich die Gewalt der Linksextremen immer häufiger direkt gegen Menschen richtet, die sie zu ihren Feinden erklärt haben.

Hinter dieser Entwicklung steckt eine böse Tradition, die sich mit dem heutigen Tag, dem 2. Juni, verbindet. Die erste linke Terrorgruppe Berlins gründete sich 1971 und nannte sich »Bewegung 2. Juni«. Ihre Mitglieder verübten Brandanschläge und Bombenattentate.

1974 ermordeten sie den Präsidenten des Kammergerichts, Günter von Drenkmann, 1975 entführten sie den Berliner CDU-Vorsitzenden Peter Lorenz (1922–1987), um inhaftierte Genossen freizupressen.

Lorenz war das erste Opfer einer politisch motivierten Entführung und Erpressung. Weitere sollten folgen, denn die »Bewegung 2. Juni« ging in der »Rote Armee Fraktion« (RAF) auf, die 34 Unternehmer, Manager und Politiker ermordete und mit ihren Attentaten unzählige Menschen traumatisierte.

Neben der RAF gründeten sich zahlreiche kleinere Terrorzellen. Die geistigen Enkel dieser Terroristen sind es, über die wir heute reden. Sie sind nicht nur in besetzten Häusern und bei den sogenannten »Autonomen« zu finden. Sie unterwandern die radikalen Umweltgruppen, die Flüchtlingshilfe und die Enteignungsaktivisten. Linksextremisten stehen heute wieder kurz davor, einzelne Menschen aus politischen Gründen direkt anzugreifen. Die amtierende Politik sollte dem nicht länger zusehen, sondern den Anfängen wehren, wie es so schön heißt.

Der 2. Juni wäre ein Tag, an dem man auf die Gefahr von linksaußen hinweisen könnte.

07.10.2020, 18:11 UHR

WARUM SCHWEIGT DER SENAT ZUR GEWALT DER HAUSBESETZER?

Die Linksextremisten ziehen eine Spur der Verwüstung durch die ganze Stadt, Menschen werden schwer bedroht. Müller und Geisel trauen sich offenbar nicht, die Gewaltorgie zu verurteilen.

Am Freitag kommt der Gerichtsvollzieher und fordert die Besetzer des Wohnhauses Liebigstraße 34 (Friedrichshain) auf, das Gebäude zu verlassen.

Er wird von 2500 (!) Polizisten begleitet, denn die linksradikalen Besetzer haben mit roher Gewalt gedroht. Sie weigern sich seit 23 Monaten, das Gebäude zu verlassen, wozu sie der Richter nun verurteilt hat.

Der Verfassungsschutz zählt die Besetzer zum harten Kern der linksextremen Szene. Seit Montag machen sie ihrem schlechten Ruf alle Ehre und verwüsten die Stadt.

Nach einem Brandanschlag am Montag auf die S-Bahn ist der Ring zwischen Neukölln und Frankfurter Allee außer Betrieb. In der Nacht zum Mittwoch wurde das Amtsgericht Tempelhof-Kreuzberg angezündet. Auf die Unterkunft der 13. Einsatzhundertschaft der Polizei in Lichtenberg ging ein Steinhagel nieder, die Scheiben des SPD-Büros Neukölln gingen zu Bruch. Nacht für Nacht brennen Autos.

Polizisten, Richter und Anwälte werden sogar in ihrer Privatsphäre bedrängt und müssen unter Polizeischutz gestellt werden. Polizisten müssen ihre Fahrzeuge überprüfen, ob die Radmuttern gelöst sind. Der Staatsschutz rechnet jederzeit mit einem Mordversuch. Der rechtmäßige Eigentümer des Hauses Liebigstraße 34 wird mit dem Tod bedroht.

Die Anwohner der Liebigstraße leben wie in einem Albtraum. Dazu berichtet der RBB: »Der Neubaukomplex, bestehend aus rund 200 Wohnungen, wird seit Jahren mit Schmierereien, geworfenen Fäkalien oder Farbbeuteln drangsaliert und auch mit Flaschen und Steinen beworfen.«

Trotz dieser bedrohlichen Lage hüllen sich sowohl der Regierende Bürgermeister Müller (SPD) als auch Innensenator Geisel (SPD) in Schweigen. Mit keinem Wort verurteilen sie die Gewalttaten. Dabei sind beide nicht auf den Mund gefallen.

Müller droht regelmäßig allen Bürgern mit der Polizei, die sich nicht an die Corona-Verordnungen halten. Geisel mischt sich gerne politisch ein. Am 26. August zum Beispiel sagte er anlässlich einer Demonstration, er sei nicht bereit, »hinzunehmen, dass Berlin als Bühne für Corona-Leugner, Reichsbürger und Rechtsextremisten missbraucht wird.«

Jetzt also schweigt er und nimmt es offenbar hin, dass Berlin als Bühne für Linksextremisten missbraucht wird.

Die Weigerung der Sozialdemokraten, die Untaten der Besetzer zu verurteilen, könnte mit ihren Koalitionspartnern zu tun haben. Grüne und Linke sagten »der Liebig« in einer gemeinsamen Erklärung im Sommer 2020 »volle Unterstützung zu«.

Auch die grüne Bürgermeisterin Monika Herrmann (Friedrichshain-Kreuzberg} und ihr Stadtrat Florian Schmidt machten sich zu Komplizen, als sie eine illegale Barrikade im besetzten Haus Rigaer Straße 94 nicht abräumen ließen und damit den Brandschutz missachteten.

Das Augenzwinkern der Grünen und Linken in Richtung Besetzer ist genauso unerträglich wie das Schweigen der SPD-Regierenden.

29.01.2020, 17:58 UHR

JUGENDAMT ZAHLT FÜR HAUSBESETZER IN DER POTSDAMER STRASSE

Weil Jugendliche ihre gekündigten Räume nicht verlassen, begleicht das Bezirksamt den Mietausfall und die Anwaltskosten des Eigentümers. Das ist ein starkes Stück und dürfte eigentlich nicht erlaubt sein.

Der Jugendclub »Potse« erhielt zum 31. Dezember 2018 die Kündigung für angemietete Räume in der Potsdamer Straße 180.

Die Jugendlichen weigerten sich dennoch, ihre Etage zu verlassen und halten sie seitdem besetzt. Der Eigentümer des Hauses musste mit seiner Räumungsklage auf einen Gerichtstermin warten, konnte die Räume nicht neu vermieten und machte deshalb Schadensersatz geltend.

Und siehe da: Das Bezirksamt sprang ein. So wurde es am 15. Januar in der Bezirksverordnetenversammlung von Tempelhof-Schöneberg bekannt: »Für die seit dem 01.01.2019 bis zum heutigen Tage durch den Potze e.V. fortgesetzt genutzten Räume in dem Mietobjekt Potsdamer Str. 180 wurden Forderungen von insgesamt 225 887,85 Euro bis einschließlich Januar beglichen«, sagte der zuständige Stadtrat Oliver Schworck (SPD) auf eine Anfrage des Verordneten Sebastian Richter (AfD).

Schworck fügte hinzu, es sei »nicht ausgeschlossen, dass weitere Forderungen des Eigentümers erhoben werden«. Auf die Frage, aus welchem Etat denn die Forderungen beglichen würden, sagte er: »Alle bisher geleisteten Zahlungen wurden aus Haushaltstiteln des Jugendamtes getätigt.«

Die Zahlungen wurden fällig als Ersatz für die entgangene Neuvermietung, für Anwaltskosten des Hauseigentümers und auch für Renovierungsarbeiten. Der zweite Jugendclub in dem Gebäude, das »Drugstore«, hatte seine Räume zwar verlassen, aber in einem stark beschädigten Zustand.

Stadtrat Schworck hatte dem renitenten Jugendclub »Potse« Ende 2018 ein Ausweichquartier in der Potsdamer Straße 134 angeboten. Die Potse-Mitglieder lehnten ab. An der neuen Adresse konnte nicht genug Lärm gemacht werden, dass störte sie, denn sie wollen Punk-Konzerte geben. Jugendliche müssten »laut sein können«, sagte ihr Anwalt Lukas Theune.

Nachdem Schworck das Problem nicht lösen konnte, forderte die FDP im Bezirk schon im Januar 2019 politische Konsequenzen. Dem Stadtrat müssten Zuständigkeiten entzogen werden, verlangte Fraktionschef Reinhard Frede.

Vor drei Wochen, am 8. Januar, schließlich sollte die Räumungsklage vor dem Landgericht verhandelt werden. Doch die Jugendlichen aus der Potse vereitelten den Prozess. Sie beschallten das Gericht von außen mit Lärm. Drinnen erklärte ihr Anwalt den Richter für befangen, weil er per Sicherheitsverfügung angeordnet hatte, dass unter 16-jährige den Gerichtssaal nicht betreten dürften.

Diese Verzögerungstaktik kostet die Potse-Leute nichts, das Jugendamt aber natürlich erneut viel Geld, je nachdem, wie lange sich das Verfahren noch in die Länge zieht.

Die Jugendämter der Bezirke sind chronisch unterfinanziert und mit Arbeit überlastet. In Tempelhof-Schöneberg greift der Stadtrat einem solchen Amt in die Tasche, weil er mit einer Handvoll Hausbesetzer nicht fertig wird. Das ist schon ein starkes Stück und sollte eigentlich nicht erlaubt sein.

29.10.2019, 17:34 UHR

HAUSBESETZER TRAINIEREN IN DER TU, MÜLLER SIEHT DARIN KEIN PROBLEM

In der Technischen Universität wurde Landfriedensbruch und Widerstand gegen die Staatsgewalt geübt. Doch der Regierende Bürgermeister und Hochschulsenator spricht von einer Informationsveranstaltung.

Linke Aktivisten haben am 22. September 2019 in der Technischen Universität (TU) trainiert, wie man Häuser besetzt. Die Veranstaltung mit dem Titel »Aktionstraining zu Besetzungen« fand in den Räumen des ASTA (Allgemeiner Studierendenausschuss) statt.

Die Nutzung der ASTA-Räume war von der Universitätsleitung nicht beanstandet worden. Zuständig für die Hochschulen ist der Wissenschaftssenat, der vom Regierenden Bürgermeister Michael Müller (SPD) geführt wird.

Auf die Frage, ob er mit der Nutzung der Räume einverstanden sei, ließ Müller durch seinen Staatssekretär Steffen Krach ausrichten: »Der ASTA hat (...) mehrfach versichert, dass es sich um eine Informationsveranstaltung handelte, die den Rahmen der freiheitlich demokratischen Grundordnung nicht verlassen hat (...). Er gehe davon aus, dass dort »u. a. rechtliche Konsequenzen von Protestformen thematisiert wurden.«

Angefragt hatte der CDU-Abgeordnete Adrian Grasse. Empört sagte er zur B.Z.: »Hausbesetzungen können niemals den Boden der freiheitlich demokratischen Grundordnung erreichen. Ich erwarte hierzu eine Klarstellung vom Senat und verbinde dies mit der Aufforderung, darauf hinzuwirken, dass sich das Mandat des AStA ausschließlich auf universitäre Belange begrenzt.«

Doch diese Klarstellung gibt es nicht, weder vom Regierenden Bürgermeister noch von seinem Staatssekretär. Und auch ihre Einschätzung ist falsch, dass es sich um eine Art Rechtsberatung handelte.

Das kann man dem Aufruf zur Veranstaltung entnehmen. Dort werden als »Inhalte des Trainings drinnen und draußen« zum Beispiel genannt: »verschiedene Blockadetechniken«, »Polizeikontakt« und »ID-Verweigerung«. Das heißt im Klartext: Es wurde Landfriedensbruch und der Widerstand gegen die Staatsgewalt geübt.

Das Training gehörte zur Vorbereitung der linksradikalen Aktionstage »TuMalWat« (26. bis 29. September) in Berlin. Zu diesen Aktionstagen gehörte ein Brandanschlag auf das Amtsgericht Pankow in der Nacht zum 25. September. Auf einer illegalen Plattform im Internet bekannte sich die »Autonome Gruppe Rosemarie F.« zu der Tat: »Damit verdeutlichen wir, dass zu jeder Zeit an jedem Ort der Stadt mit Angriffen auf die Symbole der Macht zu rechnen ist.«

In derselben Nacht griffen in der Rigaer Straße (Friedrichshain) maskierte Gewalttäter mit Steinen und Feuerlöschern Polizisten an, die eine Kontrolle durchführen sollten. Am 26. September wurde die ehemalige Schultheiß-Brauerei in der Landsberger Allee besetzt und wenig später noch ein Haus in der Frankfurter Allee 187. Dort, in der früheren Stasi-Zentrale soll der »Campus für Demokratie« errichtet werden.

Es waren Tage der Gewalt. Polizisten wurden verletzt, Hass und Hetze gegen den demokratischen Staat und seine Repräsentanten wurden herausgeschrien und im Internet verbreitet.

Und zur Vorbereitung diente also auch das Training in der TU, das von Müller und seinem Staatssekretär in unvorstellbarer Weise verharmlost wird.

03.05.2021, 17:18 UHR

DIE ENTEIGNER-DEMO IN GRUNEWALD WAR ALLES ANDERE ALS HARMLOS

Menschen wurden aus einer Masse heraus beschimpft, beschuldigt und bedroht, nur weil sie in einer teuren Gegend leben. Das war keine Demonstration, das war Nötigung.

Am 1. Mai fuhren mindestens 10 000 Demonstranten auf Fahrrädern durch den Ortsteil Grunewald und forderten die Enteignung der Villenbesitzer. Etwa 50 linksradikale Organisationen hatten dazu aufgerufen. Die Polizei berichtete, es habe sich um »ganz normale, friedliche Leute« gehandelt.

Das ist insofern richtig, als dass die Demonstranten weder Autos beschädigten noch Fassaden beschmierten, wie sie es am 1. Mai vor zwei Jahren im Grunewald getan hatten.

Doch die Parolen, die sie in diesem Jahr von sich gaben, waren alles andere als friedlich. Es waren versteckte Drohungen, die sich so anhörten: »Die fetten Jahre sind vorbei« oder: »Wer Teil des Problems ist, muss auch Teil der Lösung sein!« oder »Wir schauen schon mal, welche Villa uns am besten gefällt. Wir kommen wieder.«

Und es kam noch schlimmer. Die Demonstranten behaupteten: »Seit Beginn der Krise wird hier hinter den Toranlagen heftig gehamstert« und kündigten an: »Holen wir die Villenbesitzer ab!«

Schon vor einem halben Jahr, am 5. September 2020, hatte es einen ähnlichen Aufzug auf dem Johannaplatz gegeben, allerdings ohne Fahrräder. In einer Rede mit dem Titel »Grunewalddämmerung« hieß es in Richtung der Anwohner: »Denken Sie an die tragischen Schicksale von Zar Nikolaus dem Dritten, der erschossen wurde, oder Marie Antoinette, die enthauptet wurde. Das wünschen wir niemandem.«

Was soll das heißen, ist das als Witz gemeint? Dieser Text steht immer noch auf der Seite »mygruni.de«, auf der zur Grunewald-Demonstration am 1. Mai aufgerufen wurde.

Die Anspielung auf den politischen Massenmord der Französischen und der Russischen Revolution ist allerdings nicht lustig, erst recht nicht vor dem Hintergrund unserer deutschen Geschichte: Denn im Ortsteil Grunewald wurden tatsächlich schon Menschen aus ihren Häusern gerissen und umgebracht, weil man sie willkürlich für Krisen verantwortlich machte. Das geschah zwischen 1933 und 1945. Berliner Juden waren die Opfer. Vom Bahnhof Grunewald, Gleis 17, wurden sie in die Vernichtungslager deportiert.

Die von der Polizei als friedlich bezeichnete Demonstration vom 1. Mai im Grunewald war an Geschmacklosigkeit nicht zu überbieten. Gut gelaunt fuhren die Radler zurück über die Stadtautobahn, die eigens für sie gesperrt worden war, um in Kreuzberg an der »Revolutionären 1. Mai-Demo« teilzunehmen, die gewalttätig verlief.

Mit der Demonstration in Grunewald wurde eine Grenze überschritten, die wir nicht überschreiten dürfen: Menschen wurden beschimpft, nur weil sie in einer teuren Gegend leben. Sie wurden willkürlich beschuldigt, sich an der Not anderer zu bereichern. Man drohte, ihr Eigentum zu beschlagnahmen. Und das alles gesichtslos aus einer anonymen Menge heraus, aus einem Mob auf dem Fahrrad.

Das war keine Demonstration, das war Einschüchterung und Nötigung, ein gefährliches Spiel.

12.03.2023, 17:49 UHR

BUNDESWEHR WEICHT IN BERLIN VOR MILITANTEN LINKSEXTREMISTEN ZURÜCK

Nach dem Überfall Russlands auf die Ukraine rückte die Bedeutung der Streitkräfte wieder ins öffentliche Bewusstsein. Es ist besonders absurd, dass sich die Bundeswehr in Berlin von linken Störaktionen beeindrucken lässt.

Am 17. Juni ist »Tag der Bundeswehr«. An zehn Standorten in Deutschland öffnen die Kasernen ihre Tore. »Wir laden die Besucherinnen und Besucher herzlich ein, sich ein Bild von ihren Streitkräften und den Menschen zu machen, die in Uniform oder in Zivil täglich zur Sicherheit Deutschlands und unserer Bündnispartner beitragen«, schreibt Generalinspekteur Eberhard Zorn.

Nur die Berliner werden sich am 17. Juni kein Bild von ihren Streitkräften machen können, denn die Bundeswehr meidet die Hauptstadt. Offiziell gibt es dafür keine Begründung.

Im Internet behaupten militante Linksextremisten, sie hätten dafür gesorgt, dass die Soldaten in Berlin nicht mehr öffentlich aufträten. Ein Sprecher der Initiative »Tag ohne Bundeswehr« behauptete das auch in der Tageszeitung »taz«.

Hat sich die Bundeswehr tatsächlich wegen der linken Störer zurückgezogen? Wir fragten beim Bundesverteidigungsministerium nach. Auf unsere sehr genauen Fragen bekamen wir nur sehr ungenaue ausweichende Antworten: »Die Auswahl der Standorte richtet sich jedes Jahr nach der Verfügbarkeit von Personal, Material und anderen Ressourcen«, sagte uns eine Sprecherin.

Auf die Frage, ob bisher schon einmal ein Tag der Bundeswehr in Berlin geplant wurde, hieß es, ja, aber der habe in den letzten drei Jahren wegen der »Corona-Pandemie« nicht stattfinden können. Diese Antwort kann nicht ganz richtig sein, denn 2022 gab es den Tag der Bundeswehr wieder, zum Beispiel in Warendorf bei Münster.

Ob es der Verteidigungsminister für angemessen halte, einen Tag der Bundeswehr auch in Berlin anzubieten, wollten wir wissen. Diese Frage blieb unbeantwortet.

Es spricht alles dafür, dass sich die Soldaten in Berlin bewusst nicht zeigen wollen. Hier war 2020 ein »Tag der Bundeswehr« in Tegel geplant. Nachdem Linksextremisten dagegen mobilisiert hatten, sollte die Veranstaltung in die Leber-Kaserne verlegt werden, bevor sie dann wegen der Corona-Regeln ganz ausfiel.

In den Jahren davor sorgte die linke Szene mit ihren ständigen Störmanövern und Demonstrationen bereits dafür, dass das öffentliche Gelöbnis der Rekruten aus der Öffentlichkeit verbannt wurde und auf dem Appellplatz am Verteidigungsministerium verschwand.

Der Hass auf die Bundeswehr hat in Berlin eine lange Tradition und wurde von politischer Seite noch befeuert. Abgeordnete der Grünen und der Linken forderten regelmäßig, dass Offiziere nicht mehr zur Information der Schüler in die Gymnasien entsandt werden dürften. Der Berliner SPD-Vorsitzende Raed Saleh schloss sich dem Boykott an.

Der Überfall Russlands auf die Ukraine hat die Stimmung verändert. Die Streitkräfte werden auch von denen wieder als dringend notwendig angesehen, die vorher anderer Meinung waren.

Vor diesem Hintergrund ist es besonders absurd, dass die Bundeswehr in Berlin vor wenigen Aktivisten zurückweicht.

22.07.2020, 18:27 UHR

BERLINS POLIZEI MUSS NICHT AUF RASSISMUS UNTERSUCHT WERDEN

Der Generalverdacht gegen die Beamten ist nicht gerechtfertigt. Der Senat aber sollte sich untersuchen lassen, weshalb er die Polizisten so schlecht behandelt.

Rot-Rot-Grün lässt nicht locker: Es soll eine Untersuchung in Auftrag gegeben werden, die herausfinden soll, ob Berlins Polizeibeamte mit einer rassistischen Grundhaltung den Dienst versehen und deshalb Menschen diskriminieren.

Die Linkspartei treibt den Plan voran, die Grünen unterstützen sie und Innensenator Andreas Geisel (SPD) hat zugestimmt. Dabei ist vollkommen unklar, wie diese Studie aussehen sollte. Soll es eine Online-Befragung sein, bei der sich alle melden können, die sich ungerecht behandelt fühlen?

Und warum wird die Untersuchung überhaupt gefordert? Sind Berlins Polizisten in der Vergangenheit durch rassistische Verhaltensweisen aufgefallen? Davon ist wenig bekannt. Wenn sie aber durch Rassismus aufgefallen wären, dann wäre das bekannt geworden.

Berlins Polizei ist bunt gemischt, insbesondere die jüngeren Beamten haben Vorfahren aus aller Herren Länder. Wer ist hier Rassist? Die Beamten sind auf Fairness, Geduld und Gesetzestreue trainiert, das kann jeder sehen, der sie im Einsatz beobachtet.

Der Vorstoß von SPD, Linken und Grünen reiht sich ein in eine Kette von Verdächtigungen gegen den Polizeiapparat. Zuletzt wurde das »Antidiskriminierungsgesetz« verabschiedet, das Polizisten zwingt, im Falle eines Vorwurfs ihre Unschuld selbst zu beweisen.

Die ablehnende Haltung der Regierungsparteien gegenüber der Polizei führt zur Spaltung der Gesellschaft, weil sie das Vertrauen ruiniert. Und noch schlimmer: Der Generalverdacht gegen Polizisten ermuntert alle, die Gewalt gegen Beamten ausüben. Diese Gewalt nimmt rasant zu.

Bundesinnenminister Horst Seehofer (CSU) hat es richtig formuliert: Notwendig sei die Rückkehr zu einem Grundkonsens in der Gesellschaft, der da lauten müsse: »Polizeibeamte handeln im Auftrag der Gemeinschaft. Die schlägt man nicht, bespuckt man nicht, beleidigt man nicht.«

Der Minister hat eine Untersuchung der zunehmenden Gewalt gegen Polizisten angekündigt. Die Berliner CDU unterstützt diesen Plan, auch die anderen Oppositionsparteien in Berlin. SPD, Grüne und Linke aber schweigen dazu. Warum wollen nicht auch sie herausfinden, wie und warum die Gewalt gegen Polizisten ständig zunimmt?

Und noch eine Untersuchung wäre angemessen: Welchen Belastungen im Dienst Berlins Polizisten ausgesetzt sind und wie sich das auf ihre Gesundheit und das Familienleben auswirkt. Welche Folgen haben die unregelmäßigen Schichten, die unzähligen Überstunden und die schlechte Unterbringung? Auf den Polizeirevieren addiert sich der Sanierungsstau auf 1,17 Milliarden Euro. In den Unterkünften der Bereitschaftspolizei herrscht ein so niedriger Standard, wie ihn sich kein Privatunternehmen leisten könnte.

Nicht die Berliner Polizei muss untersucht werden, sondern der Berliner Senat, und zwar auf die Frage, warum er die Beamten schlecht behandelt und ständig unter Generalverdacht stellt.

23.01.2020, 18:53 UHR

WARUM RIEF DER ANGRIFF AUF DIESE KIRCHE KEINE EMPÖRUNG HERVOR?

Gewalt in jeder Form ist ein Tabu, ganz besonders gegen eine Kirche. Dennoch blieb die öffentliche Empörung vollkommen aus, die ja bei vielen anderen Gelegenheiten hohe Wellen schlägt.

In der Nacht zum 9. Januar beschädigten Linksextremisten die katholische Kirche St. Elisabeth in der Kolonnenstraße 38/39 (Schöneberg). Sie beschmierten das Portal mit mannshohen Schriftzügen, bewarfen die Fassade mit einer teerähnlichen Flüssigkeit und machten die Türschlösser mit Klebstoff unbrauchbar.

In einem anonymen Bekennerschreiben auf der illegalen Plattform »Indymedia« rühmten sie sich ihrer Tat: »Kein Gott, kein Patriarchat, Kirche St. Elisabeth angegriffen!« Weiter heißt es: »Die Institution Kirche« sei »unweigerlich mit dem Patriarchat verbunden und damit mit einer menschenverachtenden Ideologie.«

Der Anschlag war als eine Art Bestrafung dafür gedacht, dass sich in den Räumen der Kirchengemeinde Mitglieder des »Bundesverbandes Lebensrecht« versammelt hatten, die eine kritische Haltung gegenüber Abtreibungen einnehmen.

Der Pfarrer der Gemeinde, Josef Wieneke, bezeichnete die Haltung der Linksextremisten als »Kultur des Todes«. An die Gemeinde schrieb er: »Gegner des Lebensrechts für alle haben (…) die Fassade unserer schönen und denkmalgeschützten Kirche St. Elisabeth mit Parolen und Farbbomben beschmiert und Sachschaden angerichtet. Wer keine Argumente hat, greift zur Gewalt. Beten wir für die Täter/innen.«

Der Sachschaden ist groß. Die Beseitigung der zähen Farbe erweist sich als schwierig und wird mehrere tausend Euro kosten, Geld, das die Gemeinde aufbringen muss, denn die Täter konnten vom Staatsschutz nicht ermittelt werden.

Erzbischof Koch sagte gegenüber der B.Z.: »Wir lassen uns von dem Angriff nicht beeindrucken und werden uns weiterhin für das ungeborene Leben durch Hilfs- und Gesprächsangebote engagieren. Wir begegnen Menschen, die einen anderen Standpunkt vertreten, mit Respekt vor der Person. Gleichzeitig nehmen wir in Anspruch, unsere Positionen engagiert zu vertreten.«

Das war ein eindeutiger Standpunkt und der Erzbischof hätte Unterstützung in seiner klaren Haltung verdient. Aber es regte sich keine Hand. Die öffentliche Empörung blieb vollkommen aus, die ja bei vielen anderen Gelegenheiten hohe Wellen schlägt.

Das ist erstaunlich. Gewalt in jeder Form ist ein Tabu, ganz besonders gegen eine Kirche. Darüber müssten sich eigentlich alle einig sein. Gewalt muss bei jeder Gelegenheit verurteilt und bekämpft werden, sonst fühlen sich die Gewalttäter ermutigt, neue und schlimmere Straftaten zu begehen.

Der Angriff auf St. Elisabeth reiht sich ein in eine Serie der Gewalt gegen Mitglieder christlicher Gruppen, die sich besorgt darüber äußern, dass in Deutschland pro Jahr mehr als 100 000 Kinder abgetrieben werden.

Zuletzt brachen Linksextremisten im Oktober 2019 in die Schwangerenberatung des Vereins »Pro Femina« am Kurfürstendamm ein, zerschlugen das Fensterglas und verwüsteten die Einrichtung.

26.01.2022, 18:34 UHR

RATSKELLER BLEIBT DICHT, DAMIT SICH DIE AFD DORT NICHT VERSAMMELN KANN

Die berühmte Gaststätte im Rathaus Charlottenburg soll tatsächlich geschlossen bleiben. Das ist absurd und zeugt von politischem Fanatismus.

Es gibt vielleicht schönere Gaststätten als einen Ratskeller in einem Berliner Rathaus. Der im Rathaus Charlottenburg (Otto-Suhr-Allee 102) aber hatte einen besonderen Charme.

Gut geführt von der Pächterin Angelika Scholtz, war er ein beliebter Treffpunkt im Kiez, beherbergte zahlreiche Stammtische und das Kabarett »Klimperkasten«.

Vor drei Jahren, am 31. Dezember 2018, war Schluss. Das Bezirksamt kündigte, Frau Scholtz musste den Betrieb einstellen, in den sie im Laufe von 15 Jahren viel investiert hatte.

Die Kündigung hatte einen politischen Grund. Man wollte verhindern, dass sich die Politiker der AfD im Ratskeller treffen. Die trafen sich dort wie alle anderen Politiker auch zum Bier, aber das sollten sie eben nicht mehr, jedenfalls nicht nach Auffassung der Linken, der Grünen und der SPD.

Er sei nicht glücklich darüber, »dass der Ratskeller politisch so einseitig belegt« sei, sagte Bezirksstadtrat Oliver Schruoffeneger (Grüne). Den Nachweis für diese einseitige Belegung brachte er nicht. Es sei wichtig, »diesen Treffpunkt auszutrocknen«, sagte der Bezirksverordnete Niklas Schenker (Linke).

So sahen es auch linksextreme Gewalttäter, die am 28. Mai 2018 um 3 Uhr die Scheiben des Ratskeller mit Pflastersteinen einwarfen. Sie feierten ihre Tat im Internet: »Wer die AfD bewirtet, muss mit Glasbruch rechnen.«

Schließlich beschlossen die Bezirksverordneten mit großer Mehrheit, dass der Betrieb im Ratskeller eingestellt werden sollte. Dagegen stimmte außer der AfD nur die FDP. Deren Bezirksverordneter Max Rexrodt verurteilte die Schließung als »politisch motivierten Eingriff in einen wirtschaftlichen Betrieb und die Existenzgrundlage der Betreiber und Mitarbeiter«.

Stadtrat Schruoffeneger kündigte an, den Betrieb im Ratskeller neu auszuschreiben. Dem künftigen Betreiber werde auferlegt, »ein Konzept zur Demokratieförderung« zu erarbeiten. Was damit gemeint war, erklärte er nicht, und auf die Neuausschreibung warten wir bis heute.

War ein neuer Betrieb etwa nie geplant? Wahrscheinlich tatsächlich nicht. Als ich jetzt die zuständige Stadträtin Heike Schmitt-Schmelz (SPD) fragte, wie es weitergehe, antwortete sie, es sei »nicht absehbar, wann der ehemalige Ratskeller (…) wieder eröffnen kann und ob dies für den Bezirk sinnvoll ist.« Es werde »geprüft, ob die Räume auch langfristig für die interne bezirkliche Nutzung geeignet sind«.

Man will den Ratskeller offensichtlich auf Dauer schließen, das geht aus dieser Antwort recht eindeutig hervor. Das Gerede von der Neuausschreibung und dem »Konzept zur Demokratieförderung« war wahrscheinlich nur eine Nebelkerze.

Also bleibt es dabei: Um AfD-Politikern die Möglichkeit zu nehmen, sich bei einem Bier im Rathaus zu treffen, bleibt der größte und bekannteste Ratskeller Berlins geschlossen. Das ist vollkommen absurd und zeugt von politischem Fanatismus.

30.01.2024, 18:04 UHR

DAS BÜNDNIS »GEGEN RECHTS« SIEHT EHER AUS WIE EIN BÜNDNIS FÜR LINKS

Die Empörung über Rechtsradikale, die in der Bevölkerung sehr groß ist, wird offenbar für eine Agenda der politischen Linken instrumentalisiert.

Die Demonstrationen »gegen rechts« sind sehr populär, immer neue werden angemeldet. Am kommenden Sonnabend ist ein weiterer Höhepunkt geplant.

Dann soll eine Menschenkette aus Demonstranten das Reichstagsgebäude umschließen. Diese Inszenierung nennt sich »Brandmauer gegen rechts«: Der Bundestag soll symbolisch vor dem Einfluss rechter Politik geschützt werden.

Wobei nach wie vor unklar bleibt, was unter »rechts« zu verstehen ist: Sind damit nur Rechtsextremisten und Verfassungsfeinde gemeint oder auch Politiker aus dem demokratischen rechtsliberalen und rechten Spektrum, also aus CDU und FDP, der AfD und dem neuen Bündnis BSW?

Veranstalter der Brandmauer um den Reichstag ist ein »Bündnis gegen rechts«. Der Aufruf wurde von 1160 Organisationen unterschrieben. Unter ihnen sind so ziemlich alle einschlägigen Adressen aus dem grünen und linken Bereich, aber keine anderen.

Der »ADFC Miesbach« ist zum Beispiel dabei, und das »Aktionsbündnis Mücke bleibt bunt«, der »AKW-Nee-Stammtisch Hamburg Elmsbüttel«, der Berliner Mieterverein e.V., die »Berliner Bäume Wässerer«, das »Frauen Computer Zentrum Berlin« die »Initiative Bundesplatz« und der »Zero Waste e.V.«.

Auch verfassungsfeindliche Gruppen bilden die Brandmauer, wie zum Beispiel die Interventionistische Linke (IL), die das demokratische System infrage stellt und deshalb vom Verfassungsschutz beobachtet wird. Die Mitte der Gesellschaft aber, als die sich die Veranstalter der »Brandmauer gegen rechts« selbst begreifen, ist nicht dabei.

Die Veranstalter gehen nicht nur gegen »Rechte« vor, sondern auch gegen »asylpolitische Verschärfungen«. Das bedeutet, dass sie sich gegen den Willen der großen Mehrheit der Bevölkerung wenden, wie er in allen Umfragen erkennbar ist und auch gegen die Bundesregierung, die ja »asylpolitische Verschärfungen« angekündigt hat.

Die Veranstalter behaupten in ihrem Aufruf: »Geflüchtete werden massiv entrechtet.« Dafür gibt es keine Belege und man fragt sich ja ernsthaft, wo es in Deutschland zu dieser Entrechtung kommt. »Geflüchtete« genießen doch alle Rechte, viele von ihnen schöpfen sie auch voll aus. So berichtet es das Bundesamt für Migration.

Und auch diese Behauptung findet sich im Aufruf: »Zwingende Aufgaben wie Klimaschutz und soziale Gerechtigkeit werden zu lästigen Zumutungen abgewertet.« Daraus kann man nur schließen, dass auch gegen die Kritiker der Klimapolitik eine Brandmauer errichtet werden soll.

Die Empörung über Rechtsradikale, die in der Bevölkerung sehr groß ist, wird offensichtlich instrumentalisiert für eine Agenda der politischen Linken. Das ist in ihrem Sinne ein genialer Schachzug, aber eben nicht im Interesse der »Mitte der Gesellschaft«, die das »Bündnis gegen rechts« angeblich vertritt.

Der frühere Regierende Bürgermeister Klaus Wowereit (SPD) nannte Berlin »arm aber sexy« und wurde damit populär. Doch anstatt die Verwaltung in Schwung zu bringen, verwaltete auch er nur den Mangel.

VÖLLIG IRRE – UND NUR IN BERLIN

Berlin ist – ohne Frage – absolut wunderbar. Ich möchte in keiner anderen Stadt leben. Das ändert allerdings nichts daran, dass Berlin – ohne Frage – eine verrückte Stadt ist, eine Stadt, die Rätsel aufgibt. Eine Stadt, die einen verzweifeln lässt. Man muss sich hier nicht lange aufhalten, um das zu merken. Sehr vieles ist sehr genau geregelt, nicht selten braucht man ein Formular, um ein Formular zu beantragen. Das heißt aber nicht, dass Berlin gut organisiert wäre. Wo die öffentliche Hand im Spiel ist, werden die Baustellen nicht fertig und behindern jahrelang den Verkehr. Bauanträge bleiben liegen, bis die Bauherrn pleite sind oder entnervt aufgeben. Wer einen Personalausweis oder einen neuen Reisepass braucht, scheitert meist schon daran, einen Termin im Bürgeramt zu bekommen.

Der frühere Regierende Bürgermeister Klaus Wowereit (SPD) nannte Berlin »arm aber sexy« und wurde damit populär. Doch anstatt die Verwaltung in Schwung zu bringen, verwaltete auch er nur den Mangel. Berliner nehmen es gelassen. Der Görlitzer Park etwa war, ist und bleibt Drehscheibe des Drogenhandels und ein Kriminalitätsschwerpunkt. Als ich bei einem Italiener direkt am Park einen Espresso trank und 100 Meter neben mir die Dealer dealten, fragte ich den Inhaber, einen Berliner mit italienischen Wurzeln, ob ihn diese Szenerie nicht stören würde. »Aber nein«, sagte er fröhlich, »sie machen dort ihr Geschäft, ich mache hier meins.«

Gute Laune braucht man, um Berlin zu lieben: Grünflächen und Grünstreifen werden hier nicht gepflegt und vermüllen, Ratten halten Einzug und schlemmen im Müll. Ausgerechnet der schmutzigste Tunnel Berlins, die berühmte Fußgänger-Unterführung am ICC, steht unter Denkmalschutz. Im Frühjahr 2024 wurde der Tunnel aufwändig gereinigt und anschließend fand dort ein Tischtennisturnier statt als Auftakt für eine saubere Zukunft. Drei Tage nach dem Turnier war der Müll wieder da und die Wände frisch beschmiert. Über dem Tunnel sieht es nicht besser aus: Die Fassaden des Internationales Congress Center (ICC) wurden seit 26 Jahren nicht mehr gereinigt, das Gebäude steht leer, seit es vor zehn Jahren geschlossen wurde. Das ICC war einmal eines der berühmtesten Gebäude der Stadt und international ein populärer Kongressstandort. Der Berliner Senat, egal mit welchen Parteien er gerade besetzt war, sah sich bisher nicht in der Lage, für dieses Gebäude einen Plan zu entwickeln. Abgerissen wird es auch nicht, dafür aber wie der Tunnel unter Denkmalschutz gestellt. Ganz ähnlich geht es am Flughafen Tempelhof zu, der vor 16 Jahren geschlossen wurde und für dessen gewaltige Gebäude immer noch keine Verwendung gefunden wurde. Für den Flughafen Tegel wurde ein Plan entwickelt, dessen Umsetzung mit jedem Tag unwahrscheinlicher wird. Unterdessen sind beide Flughäfen dauerhaft mit Asylbewerbern bevölkert worden, für die man keine andere Unterkunft fand. Am Flughafen Tegel wurden inzwischen sogar Schulen eingerichtet für die vielen Kinder, die dort leben.

Berlin ist eine alte Dame mit großer Geschichte und vom Leben gezeichnet, präsentiert sich aber wie ein Teenager: Ohne Plan für die eigene Zukunft lebt sie mal schlecht, mal recht vor sich hin, hält sich nicht sauber, feiert, als gäbe es kein Morgen, nimmt gern und gibt wenig, weiß aber dafür alles besser. Kleine sektiererische Gruppen geben den Ton an und dominieren die öffentliche Meinung. So gelang es zum Beispiel der linksradikalen Initiative »Deutsche Wohnen & Co. enteignen«, die

Wohnungsnot für die eigene Agenda so zu nutzen, dass im Volksentscheid die Mehrheit für die Enteignung der großen privaten Wohnungsbaugesellschaften stimmte. Dass dadurch kein einziger Quadratmeter neuer Wohnraum entstehen würde, dürfte jedem klar sein. Aber so tickt Berlin nicht. In Berlin gilt im Guten wie im Schlechten, was dem Österreicher Karl Kraus zugeschrieben wird: »Gedankenfreiheit haben wir, jetzt brauchen wir nur noch die Gedanken.« Versuchen wir es also weiter, gemeinsam für eine Zukunft Berlins!

29.08.2022, 18:34 UHR

BERLIN HAT SICH AN DIE MACHT DER CLANS SCHON VIEL ZU SEHR GEWÖHNT

Die Organisierte Kriminalität wächst und wächst, die Polizei ist im Dauereinsatz und die Justiz überfordert. Das ist nicht mehr normal und so kann es nicht weitergehen.

Man hat sich längst daran gewöhnt: Eine Razzia hier und eine Razzia dort, niemand schaut mehr genau hin, den meisten Medien ist es höchstens eine Meldung wert.

So wie am letzten Donnerstag, als eine schwer bewaffnete Einsatzhundertschaft die Remmo-Villa in Alt-Buckow stürmte. Ein 31-jähriger Sohn der Familie widersetzte sich der Durchsuchung und wurde abgeführt. Am Eingang grinste er in die Kamera des B.Z.-Fotografen.

Es war ein Grinsen, aus dem alles sprach: das provozierende Selbstbewusstsein der Berufskriminellen, ihre Gleichgültigkeit, die kein Schuldgefühl kennt, ihre zur Schau getragene Verachtung von Recht und Gesetz.

Dem Remmo-Clan mit seinen mindestens 1000 Angehörigen wird neben vielen anderen Delikten der Raub der Goldmünze aus dem Bode-Museum und der Einbruch in das Grüne Gewölbe in Dresden zur Last gelegt.

Die Polizei geht von bis zu 20 kriminellen Clans in Berlin aus. Ihre Namen sind stadtbekannt: Al-Zein, Chahrour, Miri, Abou-Chaker usw. Ihr Geschäft sind Menschenhandel, Drogenhandel, Schutzgelderpressung, Diebstahl und Betrug.

Bis vor Kurzem wurden sie noch verharmlosend »Großfamilien« genannt, jetzt spricht man nur noch von Clans, was es auch nicht trifft.

Denn es handelt sich um nichts anderes als eine gefährliche Mafia, die sich außerhalb des Gesetzes sieht und deren Ziel es ist, die staatliche Ordnung zu untergraben.

Die Behörden führen darüber ganz genau Buch. Im aktuellen »Lagebericht Clan-Kriminalität« des Senats vom 6. Mai heißt es: »Im Jahr 2021 wurden insgesamt 178 polizeiliche Kontrolleinsätze durchgeführt (…) Dabei wurden 572 Objekte kontrolliert und 47 Objekte geschlossen. Insgesamt wurden 849 Straftaten von 295 Tatverdächtigen, die der Clankriminalität zugerechnet werden, registriert.«

Die Zahl der Razzien und Ermittlungen nimmt seit April 2020 ständig zu. Damals gelang es der französischen Polizei, den Messengerdienst »Encrochat« zu knacken, der zu über 90 Prozent von Kriminellen genutzt wurde und in dem sich das organisierte Verbrechen durch Ende-zu-Ende-Verschlüsselung sicher fühlte.

Aus dem Encrochat-Bestand werden seitdem 1,6 Millionen Nachrichten von knapp 750 Usern ausgewertet. Besonders viele dieser Nachrichten wurden von Clan-Mitgliedern aus Berlin versendet.

Es ist eine gewaltige kriminelle Parallelgesellschaft entstanden, die hier einen Staat im Staate bildet und deren Mitglieder dieses Land verachten. Vier Jahrzehnte lang sind diese Clans gewachsen und wachsen weiter. Die Polizei bleibt, schwer bewaffnet, im Dauereinsatz, die Justiz ist überfordert, die Politik nimmt es zur Kenntnis.

Jeden zweiten Tag eine Razzia? Man hat sich damit abgefunden, als ob das alles ganz normal wäre. Aber es ist nicht normal.

Es war einmal ganz anders und also muss es auch wieder anders werden. Es gab ein Berlin ohne diese Mafia und das war eine bessere Zeit.

07.11.2019, 17:11 UHR

AMT ZAHLT 131 000 EURO FÜR LEER STEHENDE FIXERSTUBE IN KREUZBERG

Für 4883 Euro pro Monat wurden Räume am Kottbusser Tor angemietet, die gar nicht nutzbar sind. Mit dem Verschwenden von Steuergeld hat das grün-rot-rote Bezirksamt viel Erfahrung.

Das Bezirksamt Friedrichshain-Kreuzberg hat im März 2018 am Kottbusser Tor Aufenthaltsräume für Drogenabhängige und Alkoholiker angemietet, die nicht genutzt werden können. Die Miete beträgt 11,96 Euro pro Quadratmeter und aktuell 4883 Euro pro Monat. Die Räume können frühestens im Sommer 2020 bezogen werden. Bis dahin muss das Amt für den Leerstand insgesamt mindestens 130 800 Euro Miete zahlen.

Diese Fehlplanung gab der Stadtrat für Gesundheit und Soziales, Knut Mildner-Spindler (Linke) auf eine Anfrage des CDU-Verordneten Timur Husein bekannt. Demnach mussten die Räume angemietet werden, obwohl sie noch nicht nutzbar waren. Andernfalls hätte man keine »Fördermittel« (Geld aus einem Baufonds) bekommen, behauptet Mildner-Spindler.

Der Vermieter habe eine »Strangsanierung« vorgenommen, bei der »Schadstoffe freigesetzt wurden«. Man sperrte die Räume und gab sie bis heute nicht wieder frei. Auf die Frage, wann mit dem Ende der Umbauarbeiten zu rechnen sei, sagte der Stadtrat: »Im Sommer nächsten Jahres.« Das Datum ist vage gehalten und wahrscheinlich auch nur geschätzt. Unklar ist auch, welcher Zweck mit den angemieteten Aufenthaltsräumen (Reichenberger Straße 176) überhaupt verfolgt wird, wenn sie denn irgendwann nutzbar sein sollten.

Einerseits gibt das Bezirksamt an, es handle sich nicht um eine »Fixerstube«, sondern um ein »integriertes Gesundheits- und Sozialzentrum«. Andererseits heißt es, dort werde es »einen Drogenkonsumraum geben«. Das wäre dann eine Fixerstube, also ein Ort, an dem sich Süchtige Heroin spritzen.

Im »integrierten Gesundheits- und Sozialzentrum« soll auch die »Trinkerszene« unterkommen, die derzeit »die Zuwegung Dresdner Straße runter zur Adalbertstraße« als »Pissrinne« nutzt, wie Stadtrat Mildner-Spindler es drastisch beschreibt. Über die Frage, ob Fixern und Trinkern geholfen ist, wenn man ihnen für ihre Sucht auch noch Räume zur Verfügung stellt, gehen die Meinungen auseinander.

Keine zwei Meinungen kann es aber darüber geben, dass das Bezirksamt offenbar Misswirtschaft betreibt, wenn es jahrelang Miete für Räume bezahlt, die nicht nutzbar sind. 131 000 Euro sind eine Menge Steuergeld, auch wenn man sich inzwischen an viel größere Dimensionen der Vergeudung gewöhnt hat.

Mit dem Verpulvern öffentlicher Mittel hat das Bezirksamt Friedrichshain-Kreuzberg viel Erfahrung: Im Herbst 2012 besetzten Migranten und linke Aktivisten die Gebäude der ehemaligen Gerhart Hauptmann-Schule und zogen erst 2018 wieder ab. Das Bezirksamt zahlte in diesem Zeitraum rund sechs Millionen (!) Euro für laufende Kosten und einen Wachschutz.

Bis heute werden die Gebäude nicht wieder als Schulräume genutzt.

Die sinnlose Geldverschwendung in Friedrichshain-Kreuzberg sorgt kaum noch für Aufsehen. Die Stadt hat sich daran gewöhnt. Bürgermeisterin Monika Herrmann (Grüne) will ihr Amt 2021 zwar aufgeben, dass ihr Nachfolger aber besser regiert, das wagt man schon nicht mehr zu hoffen.

18.10.2023, 18:33 UHR

478 MILLIONEN SIND ZU VIEL! STOPPT DEN LUXUS-UMBAU DER KOMISCHEN OPER

In anderen Zeiten hätte man sich diesen Umbau der Oper vielleicht erlauben können, nicht aber, wenn Polizei- und Feuerwachen verfallen, weil das Geld fehlt.

Beschlossen und verkündet: Die Komische Oper wird nicht nur saniert, sie bekommt einen gewaltigen Aufbau, eine Dachterrasse, neue Büros, Probenräume, Shop und Cafe. Voraussichtliche Kosten: 478 Millionen Euro.

Dagegen wehrt sich jetzt der Bund der Steuerzahler, der am Mittwoch das aktuelle 51. Schwarzbuch vorstellte, Titel: »Die öffentliche Verschwendung 2023/24«. Dort steht Berlin mit der Komischen Oper ganz oben auf der Liste der Verschwendung.

»Die geplanten Kosten für die Opernsanierung haben sich in den vergangenen Jahren vervielfacht«, schreibt der Steuerzahlerbund. Bis 2019 seien noch »Gesamtkosten von 80 Millionen Euro« genannt worden, »im Juni 2023 die Prüfung«, wonach es dann plötzlich eine Steigerung auf 477,9 Millionen Euro gegeben habe.

Als »sorglosen Umgang mit Steuergeld« bezeichnet der Präsident des Bundes der Steuerzahler, Reiner Holznagel, diese Kostenexplosion. Das ist noch höflich formuliert.

Das Gebäude der Komischen Oper in seinem Wiederaufbau stammt aus dem Jahr 1967, muss also dringend saniert werden. Doch aus der Sanierung wurde eben ein gewaltiger Umbau, eine groß angelegte Erweiterung.

Die Architekten tobten sich regelrecht aus, eine Preisbremse gab es nicht. Der Siegerentwurf wurde gekürt, ohne auf das

Geld zu achten, frei nach dem Motto: Was uns gefällt, das bauen wir.

Und natürlich wird es bei der genannten Summe nicht bleiben. Wie wir wissen, hat sich der Preis für die Sanierung der Staatsoper (2010–2017) von 240 auf 440 Millionen Euro nahezu verdoppelt. Dementsprechend würde die Komische Oper 900 Millionen Euro verschlingen.

In anderen Zeiten hätte man vielleicht so entscheiden dürfen, jetzt aber verbietet sich ein solcher Leichtsinn. Jetzt herrscht eine akute Haushaltsnotlage. Die ist so groß, dass sogar das Geld fehlt, um die Wachen der Polizei und der Feuerwehr zu renovieren. Von denen sehen viele schlimmer aus als die Komische Oper.

Der sogenannte Sanierungsstau bei den Polizeiwachen wird mit 2,1 Milliarden Euro beziffert, bei der Feuerwehr sind es 384 Millionen Euro. So viel Geld ist erforderlich, um die Gebäude instand zu setzen.

Mit der Summe, die jetzt für die Komische Oper bereitgestellt wird, könnte man alle Feuerwachen in Berlin sanieren oder mindestens ein Viertel aller Polizeiwachen.

Damit kein Missverständnis aufkommt: Ich halte die Komische Oper nicht für überflüssig, im Gegenteil, sie ist ein Juwel der Kulturlandschaft und ein Publikumsmagnet. Aber das wird sie auch ohne den monströsen Umbau sein.

Es ist wie bei Stuttgart 21 oder beim BER: Die Projekte laufen aus dem Ruder.

Der Finanzplan für die Komische Oper ist vollkommen absurd, ein Luxus, den wir uns nicht leisten können. Noch ist es Zeit, die Pläne abzuspecken.

14.11.2023, 17:31 UHR

SENAT MIETET LUXUS-HOTEL AM KUDAMM FÜR ASYLBEWERBER AN

Das Hotel kassiert im Durchschnitt 57 Euro pro Tag und Person, auch für Mehrbettzimmer. Das ist vollkommen absurd.

Ein bekanntes Hotel in Kudamm-Nähe hat den Betrieb eingestellt und dient seit wenigen Tagen als Unterkunft für Asylbewerber. Es handelt sich um das »Dormero« in der Eislebener Straße, zwischen Ranke- und Nürnberger Straße.

Das Hotel residiert in einem besonders schönen Gründerzeitbau und verfügt über 72 Zimmer und acht Suiten. Es sei »wie die Stadt selbst – eine Balance aus Klassik und Moderne, Trend und Mainstream, Globetrotter und Fashionista«, so die Eigenwerbung auf der Seite des Hotels. Dort bietet die Buchungsplattform immer noch das »Dormero-Zimmer – Smart Rate« für 130,50 Euro an.

Tatsächlich sind in das Hotel aber bereits 100 Asylbewerber aus Syrien, Afghanistan und der Türkei eingezogen, 166 sollen es werden. Das teilte uns das Landesamt für Flüchtlinge (LAF) auf Nachfrage mit.

Demnach zahlt das LAF dem Hotel pro Tag und Person 56,36 Euro. Das gilt auch für einen Platz im Mehrbettzimmer. In diesem Betrag ist eine Verpflegungspauschale in Höhe von 13,84 Euro enthalten.

Das Hotel in der Eislebener Straße gehört zur »Dormero Deutschland Betriebs GmbH« mit Sitz in Berlin. Die Firma war für eine Nachfrage am Dienstag nicht erreichbar. Die Marke »Dormero« wurde 2007 von Modemacher Hans Rudolf Wöhrl und seinem Sohn Marcus Maximilian Wöhrl gegründet.

Die Häuser sind für ihre extravagante und teure Einrichtung bekannt und deshalb denkbar ungeeignet als Asyl-Unterkunft. Nach B.Z.-Informationen soll das Hotel sanierungsbedürftig sein. Die Sanierung sei verschoben worden, die Zeit werde mit der Unterbringung von Flüchtlingen überbrückt, heißt es.

Dormero kam einem dringenden Gesuch des Senats entgegen: Das LAF wurde angewiesen, immer mehr Hotels anzumieten. Insgesamt 960 Asylbewerber sind bereits in Hostels und Hotels untergebracht, weitere 540 Plätze werden gesucht.

Sozialsenatorin Kiziltepe (SPD) fürchtet nichts mehr, als dass Turnhallen gesperrt und belegt werden müssen, die Not ist groß. Deshalb können die Hotelbetreiber die Preise in die Höhe treiben. Die Vollbelegung wird ihnen garantiert, die pünktliche Zahlung auch. Was will man mehr?

Und also ist mit der massenhaften unkontrollierten Einwanderung die Stunde der Glücksritter angebrochen: Hand aufhalten, der Senat muss zahlen. Da will auch Dormero dabei sein.

Das Hotel in der Eislebener Straße kassiert für 166 Asylbewerber pro Tag 9462 Euro und pro Monat 283 860 Euro. Diese Summe ist vollkommen absurd. Das kann man nicht anders als eine Veruntreuung von Steuergeld bezeichnen oder als schreiende Ungerechtigkeit gegenüber allen, die in dieser Stadt mit kleinem Einkommen und wenig Rente auskommen müssen.

Die Asylpolitik ist ein Desaster. Es kann nicht länger sein, dass Menschen aus aller Welt Anspruch auf ein Asylverfahren in Deutschland haben. Das weiß jeder, aber es wird nicht gesagt.

04.10.2021, 19:17 UHR

BEZIRKSAMT ZAHLT LINKSEXTREMISTEN 7756 EURO MIETE PRO MONAT

Die Besetzer des Jugendclubs »Potse« wurden mit einer komfortablen Unterkunft im Flughafen Tempelhof belohnt. Ihre Gewaltbereitschaft zahlte sich aus, weil Politik zurückwich.

Aggressives Auftreten lohnt sich, jedenfalls in Berlin. Denn hier weicht die Regierung vor der Gewalt der Straße zurück.

Diese Erfahrung machten die Aktivisten vom Jugendclub »Potse e.V.« in Schöneberg. Sie bekamen eine neue Unterkunft im Flughafen Tempelhof angeboten und zogen am 20. September dorthin um.

Die Miete in Höhe von genau 7756,20 Euro pro Monat übernimmt auf unbestimmte Zeit das Bezirksamt.

Dieses komfortable Angebot war das Ergebnis der hartnäckigen Weigerung der Potse-Aktivisten, sich an Recht und Gesetz zu halten. Dafür wurden sie regelrecht belohnt.

Vor knapp drei Jahren war es, da kündigte ihnen das Bezirksamt den Mietvertrag in der Potsdamer Straße 180 zum 31.12. 2018 und bot Ersatzräume an. Der neue Eigentümer wollte die Immobilie anders nutzen, das Bezirksamt musste als Zwischenmieter diesem Begehren nachkommen.

Die linksradikalen Potse-Aktivisten lehnten das Angebot ab und besetzten die gekündigten Räume. Immer wieder rückten sie zu gewalttätigen Demonstrationen aus.

Die besetzte Potse wurde zur Ikone der militanten linksradikalen Szene, deren Mitglieder es sich zum Ziel setzten, den Jugendclub »gegen den Staat« zu verteidigen.

Die Politik wich in ihrer Mehrheit vor dieser Aggression zurück. Als die FDP-Fraktion im Bezirksparlament (BVV) im

November 2020 die Räumung beantragte, bekam sie Unterstützung nur von CDU und AfD.

Die rot-rot-grüne Mehrheit stimmte gegen eine Räumung, also gegen die Durchsetzung des Rechts. Sie zwangen den zuständigen Stadtrat Oliver Schworck (SPD) dazu, mit den Besetzern weiterzuverhandeln. Der bot Ersatzräume an, die von den Aktivisten aber nie akzeptiert wurden.

Unterdessen liefen in der besetzten Potse gewaltige Kosten auf: 226 000 Euro im Jahr 2019, 277 000 Euro im Jahr 2020. Sie setzten sich aus der Entschädigung für die entgangene Neuvermietung sowie Anwaltskosten und Renovierungsarbeiten zusammen. Die Rechnungen wurden sämtlich vom Jugendamt beglichen. Das Jugendamt finanzierte die Besetzung.

Die Besetzer wiederum konzentrierten sich darauf, Gerichtsverhandlungen zu stören oder Termine platzen zu lassen. Ihre Anwälte versuchten, die Richter mit völlig hergeholten Anträgen auf Befangenheit von ihrer Arbeit abzuhalten. So gelang es, die juristische Auseinandersetzung, die das Bezirksamt führen musste, über zwei Jahre in die Länge zu ziehen.

Parallel gingen die Potse-Aktivisten immer brutaler gegen die Polizei vor. Jüngstes Beispiel ist der 8. August. An jenem Tag wurden die Beamten auf einen Spielplatz in der Mansteinstraße gerufen, wegen einer Sachbeschädigung.

Auf dem Spielplatz umringten die Potse-Leute die Polizisten und schlugen auf sie ein. Einem Kollegen ohne Helm warfen sie eine Glasflasche an den Hinterkopf, er erlitt eine Platzwunde. Ein anderer Beamter ohne Helm wurde mehrfach gegen den Kopf getreten, als er schon am Boden lag.

Mit diesen Leuten verhandelte das Bezirksamt drei Jahre, um ihnen schließlich den roten Teppich auszurollen.

Für die Besetzer ist die Rechnung aufgegangen. Für die rot-rot-grüne Mehrheit im Bezirksamt auch: Sie reicht die Rechnung für die Miete in Höhe von 93 000 Euro pro Jahr an den Steuerzahler weiter.

21.08.2022, 18:25 UHR

BERLIN LEISTET SICH IMMER MEHR SPITZENBEAMTE, DIE GAR NICHT ARBEITEN

SPD, Grüne und Linke versetzen Staatssekretäre nach Lust und Laune in den Vorruhestand, um politischen Freunden einen Spitzenjob zu verschaffen. Der Senat gleicht, ähnlich dem RBB, einem Selbstbedienungsladen.

In Berlin befinden sich so viele Staatssekretäre im Vorruhestand wie nie zuvor. Im Jahr 2021 waren es genau 31 Frauen und Männer, die unterhalb des Pensionsalters bereits eine Pension bezogen, mehr als drei mal so viele wie im Jahr 2012.

So teilte es Finanzstaatssekretärin Jana Borkamp (Grüne) auf eine Anfrage der Abgeordneten Jeannette Auricht (AfD) hin mit. Die Vorruheständler bezogen ihre Pension, obwohl sie voll arbeitsfähig waren.

Die Summe der ausgezahlten Frühpensionen im Zeitraum 2012 bis 2021 beläuft sich auf insgesamt 6,773 Millionen Euro. Pro Jahr werden also 752 564 Euro Steuergelder ausgegeben, um 31 Spitzenbeamte zu bezahlen, die dafür gar nicht arbeiten. Im Beamtenjargon werden sie auch »Spaziergänger« genannt.

Warum leistet sich Berlin immer mehr teure Spaziergänger? Es ist eine Unsitte, die da um sich gegriffen hat. Staatssekretäre stehen als sogenannte »politische Beamte« an der Spitze der Verwaltung. Sie setzen die Vorgaben der Senatoren um.

Kommt ein neuer Senator ins Amt, so kann er den amtierenden Staatssekretär in den Vorruhestand schicken, wenn er ihn politisch für ungeeignet hält, und sich einen neuen bestellen.

Das war schon immer eine zweifelhafte Praxis, die auf Kosten der Allgemeinheit ging. In jüngster Zeit aber wurde diese Praxis auf die Spitze getrieben: Als nach der Wahl im Herbst 2021 neue Senatoren ins Amt kamen, wechselten sie auch solche Staatssekretäre aus, die politisch auf ihrer Linie waren.

Bestes Beispiel dafür ist Verkehrssenatorin Bettina Jarasch (Grüne). Sie übernahm das Amt von Regine Günther (Grüne), die drei grüne Staatssekretäre eingestellt hatte. Anstatt diese drei zu übernehmen, schickte Frau Jarasch sie in den Vorruhestand und stellte drei neue ein, darunter ihren Wahlkampfmanager Markus Kamrad.

Insgesamt zehn Staatssekretäre wurden nach der Wahl 2021 in den Vorruhestand geschickt, obwohl ja dieselben Parteien weiter regierten, also SPD, Grüne und Linke. Die Staatssekretäre wurden also nicht aus politischen Gründen ausgetauscht, sondern aus persönlichen Gründen.

Ein Staatssekretär im Berliner Senat bezieht ein Grundgehalt von 10 515 Euro brutto pro Monat. Im Vorruhestand bekommt er die ersten drei Monate das volle Gehalt, dann sechs Monate bis maximal drei Jahre 71,75 Prozent dieses Gehalts. Danach folgt das Ruhegehalt, dessen Höhe von der Zahl der Dienstjahre abhängt, das aber mindestens 35 Prozent von den ursprünglichen 10 515 Euro beträgt.

Das Bundesverfassungsgericht urteilte bereits zwei Mal, 2008 und 2018, zum verschwenderischen Umgang mit den Staatssekretären: »Die mit der jederzeitigen Versetzbarkeit in den einstweiligen Ruhestand verbundene Abweichung vom Lebenszeitprinzip ist nur zulässig, solange der Kreis der politischen Beamten eng begrenzt ist.«

Dieser Kreis ist in Berlin nicht begrenzt, er sprengt alle Grenzen. SPD, Grünen und Linken ist es völlig egal. Man stellt seine Kumpels ein, wie man gerade lustig ist, die Rechnung geht an den Steuerzahler.

19.05.2022, 19:00 UHR

WARUM BEKOMMEN DIE SENATOREN IHRE PENSION SCHON MIT 55 JAHREN?

Das Ruhegehalt der Senatoren ist sehr hoch und wird zehn bis zwölf Jahre früher ausgezahlt als für alle anderen Arbeitnehmer. Dennoch will die große Mehrheit der Parteien im Abgeordnetenhaus daran nichts ändern. Das ist nicht nachvollziehbar.

Senatoren in Berlin wird eine fürstliche Pension garantiert. Sie erhalten nach nur vier Jahren Amtszeit schon ein Ruhegehalt in Höhe von knapp 4000 Euro brutto im Monat, im Höchstfall sogar mehr als 10 000 Euro.

Das Ruhegehalt wird außerdem schon ab einem Alter von 55 Jahren ausgezahlt, also zehn bis elf Jahre früher, als es für Beamte die Regel ist.

Wer sein Amt mehr als zehn Jahre bekleidete, bekommt sogar unabhängig vom Alter bereits 42 Prozent seiner Amtsbezüge als Ruhegehalt. Die Bezüge eines Senators liegen aktuell bei rund 14 300 Euro brutto im Monat.

Die frühere Schulsenatorin Scheeres (SPD) zum Beispiel hat diese Grenze erreicht. Sie war zehn Jahre und drei Wochen im Amt und ist 52 Jahre alt. Ihr stehen monatlich bereits rund 6000 Euro brutto zu.

Seit 15 Jahren gibt es immer wieder Versuche, diese enorme Bevorzugung zu beenden. 2005 unternahmen die Grünen einen Anlauf, der im Sande verlief, 2021 versuchte es der damalige Finanzsenator Kollatz (SPD), scheiterte aber schon an der eigenen Partei.

Am Donnerstag brachte die AfD einen entsprechenden Antrag ins Abgeordnetenhaus ein. Darin wird gefordert, die Pensionsgrenze für Senatoren an die Regeln für Beamte anzugleichen.

Dieser Antrag wurde nach kurzer Debatte von allen anderen Parteien abgelehnt. Die Redner ergingen sich dabei in viel Polemik mit wenig Sachbezug.

Die Grünen äußerten die Hoffnung, dass die AfD bei den nächsten Wahlen aus dem Abgeordnetenhaus fliegen werde. Die SPD warf der AfD vor, lediglich »Effekte« zu setzen. Der CDU-Abgeordnete Christian Goiny sprach von einer »Neiddebatte«, die losgetreten werden solle und die FDP von einem »populistischen Schnellschuss«.

Neiddebatte? Senatoren sind Mitarbeiter im öffentlichen Dienst auf Zeit, sie werden vom Steuerzahler bezahlt. Also sollte man über die Höhe ihrer Bezüge reden.

Und warum sollen wir es als Schnellschuss werten, wenn eine Partei nach 17 Jahren Diskussion das Thema wieder einmal im Parlament zur Sprache bringt?

Das aber wollten die anderen nicht, sie verfuhren nach dem Motto: Eine Krähe hackt der anderen kein Auge aus! SPD, CDU, Linke und Grüne haben jeder eine ganze Reihe ehemaliger Senatoren in ihren Reihen, die ihren Ruhestand bei hoher Pension genießen.

Der AfD-Antrag wurde abgelehnt, ohne dass es konstruktive Gegenvorschläge gegeben hätte.

Die aber liegen auf der Hand. Der Chef des Steuerzahlerbundes Berlin e. V., Alexander Kraus, will das Pensionsalter der Senatoren an die Altersgrenze für Beamte koppeln. Diese Regel gilt für Bundesminister.

Kraus rechnet anschaulich vor, um welche Summen es eigentlich geht: Nach nur vier Jahren Amtszeit stehen einem Senator, der 80 Jahre alt wird, insgesamt 1,2 Millionen Euro Ruhegehalt zu.

So kann es nicht bleiben. Das müssten eigentlich alle verstehen.

10.08.2022, 18:38 UHR

DIE KONTROLLEURE DES RBB HABEN DEN RBB GAR NICHT KONTROLLIERT

Beide Kontrollgremien des Senders haben vollkommen versagt. Das war kein Zufall, sondern das Ergebnis falscher Personalentscheidungen.

Die Intendantin des RBB, Patricia Schlesinger, gab private Abendessen auf Kosten des Senders. Ihre Chefetage ließ sie sich luxuriös für 1,4 Millionen Euro ausbauen. Ihr Jahresgehalt betrug 303 000 Euro, zusätzlich kassierte sie Prämien.

Über ein System der Vetternwirtschaft bereicherte sich offenbar sogar ihr Ehemann. Gegen beide ermittelt die Staatsanwaltschaft wegen des Verdachts auf Untreue und Vorteilsnahme.

Wie konnte es soweit kommen? Gab es niemanden, der Frau Schlesinger auf die Finger klopfen konnte? Gab es keine Kontrollinstanzen? Doch, es gibt sogar zwei davon, aber offenbar sind sie beide ihrer Kontrollpflicht nicht nachgekommen.

Da wäre erstens der Verwaltungsrat des RBB, der laut Satzung »die Geschäftsführung der Intendantin überwacht«. Den Vorsitz des Verwaltungsrates mit seinen acht Mitgliedern führte der Immobilienunternehmer Wolf-Dieter Wolf, der auch gleichzeitig Chef des Aufsichtsrates der Messe Berlin war.

Von dieser Stelle aus soll er dem Ehemann von Frau Schlesinger Beraterhonorare zugespielt haben. Wolf war ein Kumpel des Ehepaares Schlesinger/Spöhrl und alles andere als ein Kontrolleur der Intendantin. Auch gegen ihn ermittelt jetzt die Staatsanwaltschaft wegen des Verdachts auf Korruption.

Zweitens wäre da der Rundfunkrat des RBB (28 Mitglieder), der ebenfalls die Intendanz überwachen soll, vor allem im Bereich Haushalt und Finanzen. Dazu gehört »die Genehmigung des Geschäftsberichts« und »die Feststellung des jährlichen Wirtschaftsplans«.

Der Rundfunkrat wird von der evangelischen Pfarrerin Friederike von Kirchbach geführt. Frau Kirchbach gehörte als Pröbstin der Kirchenleitung an, die dem RBB nahe steht.

Nachdem der Skandal um Frau Schlesinger bekannt wurde, sagte Frau von Kirchbach: »Natürlich müssen wir uns für die Zukunft fragen: Wie können wir besser (...) die Compliance-Frage in den Blick nehmen? (...)«

Diese Formulierung ist mehr als dreist. Denn es war ja die Aufgabe der Frau von Kirchbach und des Rundfunkrates, »die Compliance-Frage in den Blick nehmen«, also Korruption zu erkennen und zu unterbinden.

Sie selbst hätte aufpassen müssen, die Kontrolle war ihre Aufgabe. Sie hätte die Vetternwirtschaft stoppen müssen. Sie ruft jetzt: »Haltet den Dieb« und ist doch selber schuld.

Wolf-Dieter Wolf hat alle seine Ämter aufgegeben, Frau von Kirchbach aber denkt offenbar gar nicht daran. Sie hat die Dimension dessen nicht erkannt, was unter ihren Augen geschehen ist, was Frau Schlesinger da angerichtet hat.

Rundfunkgebühren wurden verfrühstückt, es ging zu wie bei Hofe, die Gebührenzahler kommen aus dem Staunen nicht heraus und ballen die Faust in der Tasche.

Natürlich muss Frau von Kirchbach auch gehen und natürlich müssen die Kontrollinstanzen des RBB ganz anders besetzt werden, damit nie wieder geschieht, was geschehen ist.

P.S. Und noch etwas bleibt unklar: Schlesinger war auch Aufsichtsratsvorsitzende der mächtigen Degeto Film GmbH. Das ist die Filmeinkaufsorganisation der ARD. Hat sie dieses Amt auch niedergelegt? Die RBB-Pressestelle sagt auf Nachfrage nur so viel: »Da die Vertragsauflösung von Patricia Schlesinger gerade verhandelt wird, geben wir dazu keine Auskünfte. Sie wird nicht mehr an den Sitzungen der Degeto teilnehmen.«

24.01.2022, 17:52 UHR

BERLINS SCHMUTZIGSTER TUNNEL STEHT TATSÄCHLICH UNTER DENKMALSCHUTZ

Für die vollkommen verwahrloste Unterführung am ICC wird keine Lösung gefunden, weil im Senat die eine Hand nicht weiß, was die andere tut.

Berlin ist die Stadt, die sich nicht sauber halten kann. Das wissen wir. Man hat sich an vieles gewöhnt. Die wahrscheinlich schlimmste Dreckecke, an die wir uns allerdings in keinem Fall gewöhnen sollten, habe ich jetzt zufällig entdeckt: Es ist der Fußgängertunnel am ICC.

Hier, unter der Kreuzung Messedamm/Masurenallee, befindet sich eine unterirdische Halle mit mehreren Ausgängen. Oben gibt es für Fußgänger keine Ampeln. Sie sollen untendurch ihr Ziel auf den anderen Straßenseiten erreichen.

Als ich die Stufen nach unten gehe, schlägt mir ein scharfer Geruch nach Urin und Vermodertem entgegen. Viele Leute sind unterwegs zum Impfzentrum im ICC. Sie tragen FFP2-Masken, nicht weil das hier Vorschrift wäre, sondern weil sie anders den Gestank nicht aushalten könnten.

Ich stolpere über Gerümpel. Im trüben Licht uralter Leuchtstoffröhren sehe ich beschmierte Wände – so weit das Auge reicht. Auf dem Boden steht verfaultes Wasser. Klar, wir haben schon vor Jahren über diesen Tunnel berichtet. Dass es jetzt aber so schlimm aussehen würde, hätte ich nie gedacht.

Auf dem Rückweg vom Impfzentrum muss ich wieder durch. Jetzt reicht es mir. Wer hat diese stinkende Höhle zu verantworten? Es ist die »Senatsverwaltung für Umwelt, Mobilität, Verbraucher- und Klimaschutz«.

Von dort bekomme ich eine ausführliche Antwort. Erstens: »Es gab Überlegungen, die ›Passerelle‹ zu schließen.« (Das ist der Fachbegriff für den Tunnel, französisch: »Übergang«.) Zweitens: Dafür wurde 2018 eine »Machbarkeitsstudie« in Auftrag gegeben. Drittens: Die Arbeit an der Studie wurde 2019 abgebrochen. Warum? Weil viertens der Kultursenator (Lederer, Linke) das ICC unter Denkmalschutz stellte – und damit auch die Passerelle. Seitdem ist fünftens »kein baulicher Umbau oder eine Verfüllung des Tunnels« mehr möglich.

Das war es dann. Alle legten 2019 endgültig die Hände in den Schoß. Die Passerelle blieb wie sie ist, nicht nur ekelerregend, sondern auch teuer: Pro Jahr gehen 200 000 Euro in den Unterhalt, 65 000 Euro »für Instandsetzungen und Graffitibeseitigung« und 118 000 »für Fahrtreppen, Aufzüge und weitere fachtechnische Nebeneinrichtungen«. Dazu kommen die Kosten der Reinigung, die mir von der Behörde nicht beziffert wurden.

Die BSR rückt angeblich »täglich« zur Reinigung der Passerelle an. Auf die Frage, wie die zuständige Senatorin (Jarasch, Grüne) den hygienischen Zustand der Unterführung beurteilt, wollte sie sich nicht äußern. Ich bekam diese Auskunft der Pressestelle: »Die hohen Reinigungszyklen bringen häufig nur einen kurzfristigen Erfolg.«

Es ist wie so oft: Niemand will das Problem lösen. Die Verwahrlosung wird achselzuckend zur Kenntnis genommen. Und die Millionen Euro Steuergeld, die im Laufe der Jahre in der stinkenden Passerelle verschwanden, interessieren im politischen Betrieb anscheinend auch niemanden.

28.05.2020, 18:42 UHR

NATÜRLICH GEHÖRT DAS KREUZ AUF DIE KUPPEL VOM SCHLOSS

Kreuz und Bibelverse auf der wieder errichteten Kuppel des Stadtschlosses werden heftig kritisiert. Aber beide gehören zu diesem Gebäude, so wie das Christentum zu unserer Geschichte gehört.

Freitag wird die wiederaufgebaute Fassade des Stadtschlosses vollendet. Die Kuppel bekommt eine Spitze, auf der ein goldenes Kreuz steht.

Diese Spitze besteht aus acht Engelsfiguren, die eine zweite kleine Kuppelhaube tragen. Sie trägt das 4,50 Meter hohe Kreuz. Der Wiederaufbau wurde durch eine Spende von Maren Otto, der Witwe des Unternehmers Werner Otto (1909–2011), ermöglicht.

Als vor drei Jahren bekannt wurde, dass die Kuppel vollständig rekonstruiert wird, regte sich heftiger Widerstand. Politiker aus dem linken Spektrum wollten das christliche Symbol nicht auf dem Schloss sehen, allen voran Kultursenator Klaus Lederer.

Diese Diskussion flammte vor wenigen Tagen wieder auf, noch befeuert durch eine Inschrift, die bereits unter der großen Kuppel zu sehen ist. Dort finden sich zwei Zitate aus der Bibel, die der preußische König Friedrich Wilhelm IV. (1795–1861) zusammenfügte. Er ließ die Kuppel in den 1840er-Jahren auf das Schloss bauen und innen eine Kapelle einrichten, deshalb steht darüber das Kreuz.

Die Gemüter erregt nun der zweite Bibelvers: »Dass in dem Namen Jesu sich beugen sollen aller derer Knie, die im Himmel und auf Erden und unter der Erde sind.« Die Kritiker interpretieren diese Worte als Zeichen des Herrschaftsanspruchs der Christenheit über die anderen Religionen: Die anderen sollen das Knie vor Jesus Christus und den Christen beugen.

So ist das Zitat aber ursprünglich gar nicht gemeint. Ganz im Gegenteil. Es stammt aus dem Brief des Paulus an die Philipper (Phil 2,6–11). Paulus rief dazu auf, nur vor Christus zu knien und nicht vor dem römischen Kaiser.

Wie Friedrich Wilhelm IV. das Zitat verstand, ist nicht überliefert. Er sah seine Macht von Gott gegeben, war aber kein Despot, sondern ein frommer und die Kunst liebender Monarch, der Gewalt verabscheute und dem wir viele Kirchen zu verdanken haben.

Es wäre absurd, diese Inschrift zu löschen. Die Fassade des Berliner Schlosses war wegen ihres hohen künstlerischen Wertes weltberühmt, bis sie 1950 dem Abriss durch die SED zum Opfer fiel. Man kann sie nur komplett wieder aufbauen, man kann nicht Teile weglassen, das wäre nichts anderes als eine nachträgliche Zensur.

Leider wird der Wiederaufbau der Kuppel vom Humboldt Forum, das im Schloss seinen Sitz hat, und dessen Intendanten Hartmut Dorgerloh nicht verteidigt und auch nicht von Kulturstaatsministerin Monika Grütters (CDU), die zuständig ist und von der man ein Wort erwarten dürfte.

Das Kreuz erinnert an Christi Tod und Auferstehung und ist ein Symbol für Gottes Barmherzigkeit und Frieden. Nichts hat unsere Kultur mehr geprägt als das Christentum. Natürlich gehört das Kreuz aufs Schloss.

Freiheit hat keine Chance, wenn sie aus noch so gut gemeinten Motiven zurechtgestutzt, geglättet und für alle erträglich hergerichtet wird. Freiheit ist immer schwer zu ertragen, immer ein Ärgernis, eine Zumutung.

UND DU, DEUTSCHLAND?

»Beeilen Sie sich, wir schließen gleich!«. Der Filialleiter schaut angespannt in meine Richtung. Es ist ein Tag Ende März 2020, mittags, 12 Uhr, im Copy-Shop in Berlin-Wilmersdorf. Warum das? »Wir müssen!«, erklärt er. Eben sei es im Radio gekommen, auf Anordnung des Berliner Senats werde der Einzelhandel auf unbestimmte Zeit geschlossen. Es ist eine weitere »Corona-Maßnahme«, die Pandemie schreitet voran, das Corona-Virus ist tödlich und die Intensivstationen sind, so heißt es, überfüllt.

Nun also müssen die Menschen so weit wie möglich zu Hause bleiben. Und damit sie zu Hause bleiben, werden die Geschäfte geschlossen.

Ich beeilte mich und ging nach Hause an diesem Märztag, und ich war erschüttert. Niemals hätte ich geglaubt, dass so etwas möglich war. Aber dann ging alles ganz schnell. Kulturveranstaltungen wurden abgesagt, Theater und Konzerthallen geschlossen, es gab eine Maskenpflicht, es gab nun systemrelevante Berufe und solche, die es nicht waren, selbst das Sitzen auf Parkbänken wurde verboten, die Polizei verfolgte Eltern, die mit ihren Kindern rodeln wollten. Die Liste der Maßnahmen wurde endlos. Und kaum jemand widersprach: Schließlich ging es ja um Leben und Tod, so die Argumentation, da zählt nur noch Expertenwissen. Wer aber der zu hörende Experte und welches Expertenwissen ausschlaggebend war, das entschied auf einmal ein kleiner Kreis von Politikern.

Immer neue Schreckensbilder und -meldungen machten die Runde. Kinder seien »Pandemie-Treiber«, ergab eine Studie der Charité. Von Anfang an warf diese Studie Fragen auf – aber wer sie formulierte, der wurde zum Schweigen gebracht. Man schickte Videos herum: »Oma, Opa, wir haben euch doch lieb!«, sagte ein süßer kleiner Junge. Und damit Oma und Opa nicht sterben, wurde der direkte Kontakt zu den Enkelkindern radikal eingestellt. Die Schulen wurden geschlossen, über Monate und immer wieder, alle Schüler blieben zu Hause, zaghaft machte Online-Unterricht erste Gehversuche. In keinem anderen Land blieben die Schulen so lange geschlossen wie in Deutschland. Später dann hieß es, die Schulschließungen seien doch gar nicht notwendig gewesen, Kinder seien gar nicht die »Treiber« der Pandemie. Die Schulen wurden also nach und nach wieder geöffnet, nun galt Masken- und Testpflicht: Jeden Morgen mussten sich die Kinder unter den strengen Augen der Lehrer ein Stäbchen in die Nase schieben. Der Mund-Nasenschutz durfte niemals abgesetzt werden, obwohl dadurch die Atmung beeinträchtigt war. Als dann der Impfstoff kam, ließen die meisten Eltern ihre Kinder impfen, obwohl auch das sich später nicht als notwendig erwies. In den Schulen wurde der Impfpass zum Statussymbol: Wer keinen hatte, hatte nichts zu lachen.

Monatelang wurde eine Corona-Maßnahme nach der anderen angeordnet, es hagelte Kontaktverbote, Firmen gingen pleite, Menschen vereinsamten. Junge Leute entwickelten Depressionen, alte starben allein und verzweifelt. Tagtäglich wurden Grundrechte außer Kraft gesetzt und kaum jemanden störte es. Maßnahmen wurden nur noch von der Runde der Ministerpräsidenten mit Kanzlerin Merkel verfügt. Der Bundestag, der die Vorschriften eigentlich hätte beschließen müssen, nickte alles ab. Wer dem nicht folgte, sich kritisch äußerte, Anordnungen hinterfragte oder gar missachtete, der war plötzlich ein »Querdenker«, ein Wissenschaftsleugner, ein hemmungsloser Egoist, ein »Covidiot«, ein Spinner – und auf jeden Fall irgendwie

»rechts«. Wer aus welchen Gründen auch immer zögerte, sich impfen zu lassen, der wurde von der Teilnahme am öffentlichen Leben radikal ausgeschlossen, Impfgegner wurden zur größten Gefahr für die Volksgesundheit stilisiert. Später wurde bewiesen, was sich früh andeutete: Dass die Impfung vor der Verbreitung des Virus gar nicht schützte. Aber da wollte das keiner mehr hören.

Aus berechtigter Angst war innerhalb kürzester Zeit Panik geworden, aus wichtigen Vorsichtsmaßnahmen eine geradezu unheimliche Begeisterung an immer härteren Regeln. Dass auch »Experten« irren können, dass Wissenschaft vom Austausch lebt, dass menschliches Leben niemals vollkommen risikofrei ist, dass Politik immer abwägen muss – das alles galt nicht mehr. Als am Brandenburger Tor gegen die Maßnahmen demonstriert wurde, setzte die Polizei Wasserwerfer ein, um die Menschen zu »beregnen«. Jahrelang hatte die Berliner Polizei keine Wasserwerfer mehr eingesetzt, auch nicht gegen die gewalttätigsten Linksextremisten am 1. Mai. Das Prinzip der Deeskalation galt für die sogenannten »Corona-Leugner« auf den Straßen aber nicht mehr, plötzlich wurde der freundliche Staat gnadenlos.

Ich erinnere mich an diese Zeit, wie an den gestrigen Tag. Wenn ich in meinen Kolumnen der Regierung wieder und wieder widersprach, hatte ich nicht viele Mitkämpfer an meiner Seite, sondern nur ganz wenige. Noch weniger als sonst war Meinungsaustausch erwünscht. Die meisten Menschen schwammen mit oder glaubten der Regierung, dass ein Eingriff in das Privatleben, wie es ihn in der Geschichte der Bundesrepublik noch nie gegeben hatte, notwendig sei. Mitten in der Freiheit waren wir auf einmal vollkommen unfrei. Menschen bespitzelten einander, die Verstöße des Nachbarn wurden gemeldet und hart verfolgt. Die freien Medien nutzten ihre Freiheit kaum noch zur Diskussion und schon gar nicht für Kritik und Korrektur.

Warum war das so, was war geschehen? Um es kurz zu sagen: Die Art und Weise, wie die Regierung den Lockdown durchsetzte und die Art und Weise, wie die Mehrheit den Anweisungen folgte, hatte totalitäre Züge und darüber müsste man reden. Diese Zeit vom März 2020 bis September 2022, als das Infektionsschutzgesetz aufgehoben wurde, muss dringend aufgearbeitet werden. Freiwillig haben wir in dieser Zeit die Einschränkung unserer Grundrechte hingenommen, weggeschaut haben wir, als Existenzen zerstört und Biographien beschädigt wurden. Heute wissen wir nicht nur, dass viele der Maßnahmen nicht nötig waren, wir wissen auch, dass man eine ganze Menge davon auch schon damals wusste. Fachleute, die darauf hinwiesen, wurden aber diffamiert und in vielen Fällen bis heute nicht rehabilitiert. Gebracht hat es uns nichts: In Deutschland sind nicht weniger Menschen gestorben als in Ländern mit weniger Regelungswut und ohne »Lockdown«.

Warum also gibt es keine Aufarbeitung? Die Veröffentlichung der Coronaprotokolle des Robert-Koch-Instituts wurde von wenigen Unermüdlichen vor Gericht erstritten, jetzt interessieren sie kaum jemanden. Die Verantwortlichen stellen sich ihrer Verantwortung nicht: Chefberater Christian Drosten hat ein Buch geschrieben, mit dem er sich rechtfertigt. Angela Merkel arbeitet an ihrer Biografie, Jens Spahn wandelt im Bundestag, als wenn er nie zu entscheidender Stunde der Gesundheitsminister gewesen wäre. Sein Nachfolger Karl Lauterbach (SPD), der im Herbst 2021 inthronisiert wurde, nachdem er zuvor auf Twitter (heute X) täglich eine große Corona-Hysterie ausgelöst hatte, ist immer noch im Amt. Eine Aufarbeitung wäre aber wichtig, denn die nächste Herausforderung für unser Verständnis von Freiheit wird kommen, sie ist vielleicht schon da. Am 23. Mai haben wir den 75. Jahrestag des Grundgesetzes gefeiert und noch nie war so klar, dass die dort garantierten Rechte immer wieder verteidigt werden müssen: sogar gegen eine demokratisch gewählte Regierung. Freiheit hat keine Chance, wenn sie aus noch so gut gemeinten Motiven zurechtgestutzt, geglättet und für alle erträglich hergerichtet wird. Freiheit ist immer schwer zu ertragen, immer ein Ärgernis, eine Zumutung. Wer sich aber umschaut auf der Welt, der weiß: Zur Freiheit gibt es keine Alternative.

02.02.2021, 17:56 UHR

DIE WISSENSCHAFT WIRD NICHT GEHÖRT, WENN SIE NICHT INS BILD PASST

Der Corona-Schnelltest wird nicht freigegeben, man darf ihn nicht selbst anwenden, weil das als unsicher gilt. Eine Studie der Charité beweist das Gegenteil, wird aber von der Politik ignoriert.

Es heißt ja immer, die Politiker würden auf den Rat der Wissenschaftler hören und danach ihre Corona-Verbote gestalten. Aber stimmt das auch? Oder werden nur die Ergebnisse der Wissenschaft berücksichtigt, die den regierenden Politikern in den Kram passen? Das folgende Beispiel nährt diesen Verdacht.

Es geht um den Corona-Schnelltest, der nicht frei in der Apotheke erhältlich ist, weil man ihn selbst nicht anwenden darf. Die »Testung« dürfe nur »durch examiniertes medizinisches Personal mit mindestens dreijähriger Ausbildung vorgenommen werden«, gab Gesundheitssenatorin Kalayci (SPD) im Dezember bekannt.

Als Begründung wurde angegeben, dass beim Schnelltest ein Stäbchen sehr tief in die Nase oder in den Rachen eingeführt werden müsse. Dabei würden Würge- und Juckreize ausgelöst, die zu einer unsachgemäßen Anwendung des Test führen könnten.

Zur gleichen Zeit, nämlich am 10. Dezember, hatte die Charité aber schon gemeldet, dass der »Selbstabstrich (…) durchaus »eine verlässliche Alternative zu einem professionellen Abstrich« sein kann.

Zu diesem Ergebnis kam ein Team unter der Leitung von Prof. Frank Mockenhaupt, kommissarischer Direktor des Instituts für Tropenmedizin und Internationale Gesundheit der Charité und Dr. Claudia Denkinger, Leiterin der Sektion Klinische Tropenmedizin am Universitätsklinikum Heidelberg.

Wie kamen sie zu diesem Ergebnis? Im Rahmen einer Studie ließen sie die Testpersonen einen Abstrich in der vorderen Nase vornehmen. Diese Methode erwies sich als fast ebenso zuverlässig wie die herkömmliche. Fazit der Forscher: »Die Studie zeigt uns, dass die angeleiteten Selbstabstriche für den untersuchten Antigentest nicht schlechter als professionelle Abstriche aus dem Nasen-Rachen-Raum sind.«

Mit diesem Ergebnis wären die Einwände der Gesundheitssenatorin eigentlich hinfällig gewesen. Doch das Ergebnis wurde gar nicht zur Kenntnis genommen. Man ging darüber hinweg. Man sagte nicht: Lasst uns diese einfache Methode zur Serienreife bringen, produzieren und dann freigeben!

Warum wäre das so wichtig gewesen? Weil jedes Mittel willkommen sein muss, um Ansteckungen zu vermeiden.

Wäre es nicht sinnvoll, wenn sich Konzertbesucher testen könnten, Kinder vor der Schule, Lehrer, Friseure oder die junge Familie vor dem Besuch der Großeltern? Würde das nicht für große Erleichterung und mehr Sicherheit sorgen?

Und noch ein Argument spricht für die Freigabe des Schnelltests: Er kostet am Markt nur vier bis acht Euro, in den Testzentren muss man aber im Schnitt 50 Euro dafür hinlegen. Wer die ganze Familie testen lassen will, der lässt es lieber bleiben, weil er keine 200 oder 300 Euro übrig hat, so sieht es doch aus!

Der Schnelltest ist ein wirksames Mittel gegen die Verbreitung des Virus. Er wird trotz der neuen Erkenntnisse nicht freigegeben. So ist es jetzt in der Corona-Zeit: Die Wissenschaftler werden mal gehört und mal auch nicht. Wer von ihnen zum Beispiel den Lockdown befürwortet, der hat das Ohr der Politik, wer es nicht tut, wird ignoriert. Diese Politik hat mit Vernunft und Sachverstand sehr wenig zu tun.

11.01.2022, 18:15 UHR

WANN UND WARUM WURDE DAS IMPFEN SO ZU EINER GLAUBENSFRAGE?

Eigentlich ist es eine individuelle Entscheidung, ob man sich impfen lässt oder nicht. Im Falle von Corona aber wurde diese Entscheidung zum Bekenntnis. Fragen der Gesundheit werden mit Ideologie überfrachtet. Das macht eine sachliche Debatte unmöglich.

Es begann im letzten Sommer. Wir waren mit dem B.Z.-Wahllokal vor Ort in Lichtenberg. Da fragte mich eine prominente Politikerin der Grünen: »Na, sind Sie denn schon geimpft?« Ich sagte, ja, aber warum wollen Sie das wissen? »Nur so, hat mich interessiert«, sagte sie.

Ich dachte darüber nach. Noch nie in meinem Leben hatte mich jemand außerhalb meiner Familie und meines Freundeskreises danach gefragt, ob ich geimpft sei, wogegen auch immer. Und ich hatte auch nie jemanden gefragt, auch nicht die Politikerin von den Grünen. Natürlich nicht! Ich würde sie ja auch nicht fragen, ob sie Abführmittel nimmt oder Betablocker.

Die Gesundheit ist etwas sehr Privates, eine intime Sache. Danach fragt man nicht, wenn man sich nicht gut kennt.

Für die Corona-Impfung aber gilt das schon lange nicht mehr. Sie wurde seit dem letzten Sommer nach und nach zu einer öffentlichen Angelegenheit. Man bekannte sich dazu. Kollegen berichteten mir ungefragt, dass sie schon geimpft seien.

Die offizielle Politik überhöhte das Impfen als einen Akt der Solidarität. Wer sich impfen lasse, hieß es, dämme die Pandemie ein. Das stellte sich als Irrtum heraus, denn die Impfung funktioniert als Selbstschutz, kann aber die Ausbreitung des Virus nicht verhindern.

Trotz aller Wahrheiten, die rund um Biontech, Moderna usw. bekannt wurden, sprachen die Politiker im Herbst von der »Pandemie der Ungeimpften«. Die sollten schuld sein, sie wurden mit den 2G-Regeln ausgeschlossen, was für sie einem neuen Lockdown gleichkam. Dabei ist ja ein Ungeimpfter mit negativem Test nicht gefährlicher für die Allgemeinheit als ein Geimpfter mit negativem Test.

Die Ungeimpften wurden also zum Verlierer. Das wurde mir auf einem Schulhof bewusst, wo ich diese Szene beobachtete: Die Wortführer in einer Kindergruppe trennten die Coolen von den Uncoolen. Die Coolen waren die Geimpften. Sie fühlten sich den anderen überlegen und ließen sie es, wie Kinder das tun, auch deutlich spüren.

»Kindermund tut Wahrheit kund«, sagt das Sprichwort. Kinder geben ungeschminkt wieder, was ihnen vorgelebt wird. Und es wird ihnen offenbar vorgelebt, dass man auf der richtigen Seite steht, wenn man sich impfen lässt.

Doch darum geht es ja gar nicht. Es gibt kein Richtig oder Falsch, das für alle gilt. Die Corona-Impfung ist natürlich eine individuelle Entscheidung. Man wägt Nutzen und Risiko gegeneinander ab. Ich zum Beispiel habe mich dafür entschieden, weil ich aufgrund meines Alters (Jahrgang 1963) zu den Risikogruppen gehöre.

Junge Erwachsene, Jugendliche und Kinder aber haben ja von Corona in der Regel keinen schweren Krankheitsverlauf zu erwarten. Also kann man es durchaus als vernünftige Entscheidung werten, wenn sie sich nicht impfen lassen. Viele, wirklich viele Ärzte, gerade auch Kinderärzte, haben mir das genau so dargelegt.

Doch in der öffentlichen Corona-Debatte wird diese Differenzierung nicht mehr zugelassen. Da ist ein Glaubenskrieg entbrannt, wie ich ihn mir nie hätte vorstellen können. Es gibt nur noch schwarz und weiß, dafür und dagegen. Das ist das Problem.

09.06.2020, 20:13 UHR

DER SENAT SCHREIBT UNS ALLES VOR, NUR AUF DER DEMO IST ALLES ERLAUBT

Monatelang setzte der Senat die Corona-Regeln mit aller Härte durch. Nun meint der Innensenator, Demonstranten müssten selbst entscheiden, wie nahe sie sich kommen. Das versteht niemand mehr.

Die Diskussion über die Demonstration gegen Rassismus am vergangenen Sonnabend hält an. Kein Wunder, denn diese Großveranstaltung lässt viele Fragen offen. Mindestens 15 000 Menschen versammelten sich auf dem Alexanderplatz. Auf Fotos und in Videoaufnahmen ist zu sehen, wie sie ohne Mundschutz und dicht gedrängt beieinander standen.

Die Kundgebung war genehmigt, die Corona-Verordnungen wurden vom Senat entsprechend gelockert. Das war sicherlich sinnvoll, aber warum gab es keine Auflagen, wie in allen anderen Lebensbereichen derzeit auch?

Dazu sagte der Sprecher des Innensenators am Dienstag: »Es ist nicht Aufgabe des Staates, den Demonstrierenden vorzuschreiben, wie sie zu demonstrieren haben. Sie müssen (...) sich Gedanken machen über den Ort, Umfang und die Form ihrer Versammlung.«

Diese Auskunft ist nicht nur verblüffend, sie wirkt wie eine Veralberung all derer, deren Freiheit in den vergangenen Monaten massiv eingeschränkt wurde. Seitdem die erste Corona-Verordnung Ende März in Kraft trat, wird unser privates und öffentliches Leben in einer Form vom Staat eingeschränkt, wie wir es in der Bundesrepublik noch nie erlebt haben.

Wir durften unsere nächsten Verwandten und Freunde nicht besuchen. Die Läden waren zu, die Schulen auch. Konzerte,

Theater, Opern, Messen, Versammlungen, Feste, alles war verboten. Gottesdienste fielen aus, sogar Beerdigungen.

Die Verbote wurden mit der Androhung drakonischen Geldstrafen durchgesetzt. Die Polizei musste ausrücken, um Menschen aus dem Park zu vertreiben oder eine Hochzeit aufzulösen. Der Regierende Bürgermeister Müller (SPD) drohte, noch mehr Polizei gegen die Bevölkerung einzusetzen. Ein Berliner musste vor Gericht erstreiten, dass er nicht bestraft werden darf, wenn er einen anderen Menschen umarmt. So weit war es gekommen.

Dann wurden die Regeln gelockert, aber jede Lockerung wurde mit massiven Auflagen verbunden. Kinder gehen nur einmal die Woche zur Schule und müssen einen großen Abstand zueinander halten. Kellner müssen einen Mundschutz tragen, die Universitäten öffnen gar nicht. Großveranstaltungen sind bis Ende August generell verboten.

Nur Demonstrationen wurden ohne Auflagen wieder erlaubt. Jetzt sollen die Menschen selbst entscheiden, denen bisher alles bis ins Detail vorgeschrieben wurde? Wie passt das zusammen? Und was sagen diejenigen dazu, die Pleite gegangen sind, weil sie eben nicht selbst entscheiden durften, sondern ihren Laden schließen mussten? Sie werden es nicht fassen können. Sie werden die Faust in der Tasche ballen über so viel Willkür und Ungerechtigkeit.

Der Lockdown hat diese Stadt in eine tiefe psychische und wirtschaftliche Krise gestürzt. Wenn jetzt plötzlich egal sein soll, wie eine Großdemonstration abläuft, wirkt der Lockdown völlig unglaubwürdig. Was ist da los? Hatte der Senat Angst vor der Gewalt des militanten linken Flügels, der die Demonstration begleitete? Dieser Verdacht drängt sich auf.

22.11.2020, 18:02 UHR

DER RUNDFUNKBEITRAG SOLL STEIGEN, WARUM KANN ER NICHT SINKEN?

ARD und ZDF sind der teuerste öffentlich-rechtliche Rundfunk der Welt. Trotzdem verlangen sie noch mehr Geld vom Gebührenzahler. Das ist nicht mehr nachvollziehbar.

Am vergangenen Donnerstag stimmte das Berliner Abgeordnetenhaus mit großer Mehrheit für eine Erhöhung des Rundfunkbeitrages. Dieser Beitrag für die Programme von ARD und ZDF soll zum 1. Januar 2021 von 17,50 Euro auf 18,36 Euro pro Haushalt und Monat angehoben werden.

Dafür stimmten SPD, Grüne, Linke und CDU. Die AfD votierte dagegen, die FDP enthielt sich. Die Freien Demokraten setzen sich für eine moderate Senkung des Beitrages ein. Die AfD möchte den Beitrag sogar um 90 Prozent kürzen. ARD und ZDF sollten dann nur noch Nachrichten aus Politik, Kultur und Sport senden.

Auch wenn die Berliner CDU dafür stimmte, ist die Erhöhung der Gebühren in der CDU bundesweit umstritten. Der Bundestagsabgeordnete Carsten Linnemann erinnerte daran, dass in der Corona-Krise »Millionen von Arbeitnehmern und Unternehmern Einkommensverluste erleiden« oder »gar um ihre Existenz bangen« müßten: »Da finde ich es kaum vermittelbar, wenn man diesen Menschen jetzt die Beiträge erhöht.« Dem kann man kaum widersprechen.

Die CDU in Sachsen-Anhalt will der Erhöhung deswegen auch nicht zustimmen, eine Haltung, die der CSU-Bundestagsabgeordnete Stefan Müller als »standhaft« bezeichnete.

Tatsächlich fragt man sich, warum ARD und ZDF überhaupt mehr Geld brauchen.

Sie betreiben in Deutschland insgesamt 74 Radiostationen und 21 Fernsehsender, dazu rund 60 Kanäle im Jugendformat »Funk«. Auch wenn man sich über Inhalte streiten kann, ist das sicher ein tolles Angebot. Ich jedenfalls höre gern Kulturradio und beginne den Tag mit den Nachrichten. Aber warum muss das durch Zwangsgebühren finanziert werden? Dafür gibt es keine sinnvolle Begründung.

Mit rund acht Milliarden Euro Einnahmen pro Jahr sind ARD und ZDF schon jetzt der teuerste staatliche Rundfunk der ganzen Welt. Trotz dieses ungeheuren Geldsegens wollen die beiden Sender aber noch nicht einmal auf Werbeeinnahmen verzichten – die ja bei Verzicht den privaten Sendern zugute kämen.

Im gesetzlich festgelegten Auftrag der Sender wird ihre Bedeutung für die Meinungsbildung betont. In Berlin würde das bedeuten, dass man den RBB durchaus auf die Abendschau, das Inforadio und das Kulturradio reduzieren könnte. Und was spräche dagegen? Der Vielfalt der Rundfunklandschaft würde es sicher nicht schaden, würde man das finanzielle Ungleichgewicht zwischen öffentlich-rechtlichen und privaten Sendern etwas abmildern.

Sparen könnten die öffentlich-rechtlichen Sender auch in der Verwaltung. Die FDP fordert, dass mindestens »60 Prozent der Ausgaben« von ARD und ZDF »für die Programmerstellung und -verbreitung« eingesetzt werden. Davon sind die Sender nämlich weit entfernt. Das Geld versickert auch in den sehr hohen Gehältern auf Leitungsebene und in einer betrieblichen Altersversorgung, wie es sie in dieser Höhe in Deutschland sonst nirgendwo gibt.

Wer sich also gegen die Erhöhung der Beiträge ausspricht, der will den Öffentlich-Rechtlichen nicht gleich den Garaus machen. ARD und ZDF müssen sparen und zu den Kernaufgaben zurückkehren, das ist lange überfällig.

01.05.2022, 19:48 UHR

SIE BAUEN ES WIRKLICH: MONSTER-KANZLERAMT FÜR 600 MILLIONEN EURO

Trotz Corona-Krise, Ukraine-Krieg, Energie-Krise, Rekordverschuldung und Haushaltsnotstand: Das Bundeskanzleramt wird in seinem Umfang verdoppelt und damit zur größten Regierungszentrale der westlichen Welt ausgebaut. Dieser Luxus geht eindeutig zu weit.

Der Berliner Senat hat den Bebauungsplan für die Vergrößerung des Bundeskanzleramtes genehmigt. Am bestehenden Gebäude ist ein »Anbau« geplant.

Dieser Anbau soll Platz für 400 neue Büros schaffen und wird mit einer Nutzfläche von 25 000 Quadratmetern exakt genauso groß sein wie das jetzige Kanzleramt.

Die Baukosten werden auf 600 Millionen Euro geschätzt. Der Bundesrechnungshof geht von einer sehr viel höheren Summe aus und hat das Projekt mehrfach heftig kritisiert.

Dieser Protest hat die Bundesregierung überhaupt nicht beeindruckt. Es herrsche »akuter Büromangel«, heißt es im Bundeskanzleramt. Die Planung endet 2023, dann beginnen die Bauarbeiten.

»Der Erweiterungsbau wird die Raumnot des Bundeskanzleramtes beenden«, sagte Bausenator Andreas Geisel (SPD).

Die Raumnot kam nicht von ungefähr. Sie ist das Ergebnis der Kanzlerschaft von Angela Merkel (CDU) zwischen 2005 und 2021. In diesem Zeitraum wurde die Zahl der Mitarbeiter von 460 auf 750 erhöht.

Damit sind nur die Beamten und Angestellten im »Kernbereich« gemeint. Dazu kommen bei der Beauftragten für Kultur und Medien noch 370 und im Bundespresseamt noch 2900

Planstellen. Insgesamt wurde der Bereich des Kanzleramts auf 4106 Mitarbeiter aufgeblasen.

Und das Ende der Fahnenstange ist damit nicht erreicht: Bundeskanzler Olaf Scholz (SPD) folgt dem schlechten Beispiel der Frau Merkel und will abermals 75 neue Planstellen in seinem Amt schaffen. Damit würde sich die Zahl der Mitarbeiter im »Kernbereich« auf 825 erhöhen, das berichtete »Report Mainz« (ARD) am vergangenen Dienstag. Wenn es so weitergeht, wird also auch der Anbau nicht reichen.

Wer danach fragt, warum immer mehr Personal eingestellt wird, obwohl die Aufgaben ja die gleichen bleiben, bekommt unverständliche Antworten: Das Personal werde für die »Erschließung neuer Politikbereiche« gebraucht, für »strategische Vorausschau« und »evidenzbasierte Projektarbeit«. Die »Neue Züricher Zeitung« hat eine Sammlung solcher phrasenhaften Begründungen veröffentlicht.

Dahinter wird die Wahrheit versteckt, die so aussieht, dass sich Kanzler und Minister hemmungslos mit neuen Planstellen eindecken, um ihre Parteifreunde zu versorgen.

FDP und Grüne haben das in der Vergangenheit angeprangert. Jetzt machen sie selber mit. Der FDP-Abgeordnete Otto Fricke behauptet, er habe befristete Beschäftigungsverhältnisse durchsetzen wollen, das sei an SPD und Grünen gescheitert.

Wir halten fest: trotz Corona-Krise, Ukraine-Krieg, Energie-Krise, Rekordverschuldung und Haushaltsnotstand verdoppeln sie das Bundeskanzleramt! Im Tiergarten entsteht die größte Regierungszentrale der westlichen Welt, dreimal größer als der Élysée-Palast, achtmal größer als das Weiße Haus und zehnmal größer als Downing Street 10.

Es geht zu wie bei Hofe. Die Regierung leistet sich einen Luxus, der nur noch unverschämt ist.

01.03.2022, 19:06 UHR

BUNDESWEHR BRAUCHT VOR ALLEM ANERKENNUNG, NICHT NUR MEHR GELD

Es fehlt an Männern und Frauen, die gerne ihren Dienst tun. Das ist kein Wunder, denn das Militär wird von Seiten der Politik seit mehr als 20 Jahren vernachlässigt und regelrecht mit Verachtung gestraft.

Der Krieg gegen die Ukraine hat in Deutschland den Blick auf die Bundeswehr gelenkt. Die Regierung verspricht, das Militär mit zusätzlich 100 Milliarden Euro aufzurüsten. Deutschland soll endlich seinen Beitrag in die Nato einbringen, der in der Merkel-Ära immer zugesagt, aber nie geleistet wurde.

Das sind gute Nachrichten, doch mit Geld allein ist dem Heer, der Marine und der Luftwaffe nicht geholfen. Alle drei Waffengattungen brauchen qualifizierte Männer und Frauen, die gern ihren Dienst tun. An ihnen fehlt es und das hat einen Grund: Die Bundeswehr wird vonseiten der Politik seit mehr als 20 Jahren vernachlässigt und regelrecht mit Verachtung gestraft.

Diese destruktive Haltung wurde nicht nur von den linken Parteien eingenommen. Auch die CDU unter der Führung von Frau Merkel interessierte sich nicht mehr für die Wehrfähigkeit. Die FDP wiederum bestritt ihre Wahlkämpfe damit, den Abzug der atomaren Rüstung aus Deutschland zu fordern.

Im Juli 2021 verweigerte die Merkel-Regierung den heimkehrenden Soldaten aus Afghanistan die Ehrung. Abgeordnete des Bundestages mussten den Großen Zapfenstreich erzwingen.

Der damalige Regierende Bürgermeister Müller (SPD) wollte die Berliner Soldaten dennoch nicht empfangen. Damit stellte er sich in die Tradition seines Vorgängers Klaus Wowereit, der wiederholt nicht beim öffentlichen Gelöbnis der Rekruten erschien.

Die Berliner SPD beschloss im Frühjahr 2019, den Bildungs-Offizieren der Bundeswehr den Zugang zu Berlins Schulen zu verwehren. Der heutige Parteichef Raed Saleh verteidigte den Beschluss: »Ich möchte, dass an den Schulen die Achtung vor dem Leben gelehrt wird und nicht der Gang ans Maschinengewehr.«

Das war ehrenrührig und eine Beleidigung der Soldaten. Saleh kam damit durch.

Er bekam Applaus von Grünen und Linken. Diese Parteien erteilten der Bundeswehr im Corona-Herbst 2020 Hausverbot für das Gesundheitsamt Friedrichshain-Kreuzberg, wo Soldaten bei der Kontaktnachverfolgung helfen wollten.

Die Bundeswehr wurde von weiten Teilen der Politik moralisch unterhöhlt und regelrecht zum Paria der Gesellschaft degradiert. Das führte in Berlin dazu, dass Offiziere ihre Uniform ablegen, wenn sie mit der U-Bahn fahren, weil sie fürchten, beschimpft zu werden. Das führte dazu, dass es in der deutschen Hauptstadt nicht mehr zum guten Ton gehört, Soldat zu sein. So weit ist es gekommen.

Ein Afghanistan-Veteran sagte im letzten Sommer, er würde gern als »ganz normaler Mensch« behandelt werden. Er habe sich »bewusst« für den Beruf entschieden, um sich für sein Land einzusetzen, »für Frieden, Sicherheit und Ordnung«.

Dieser Einsatz muss endlich wieder gewürdigt werden. Sonst genügen auch 100 Milliarden Euro nicht, um aus der Bundeswehr wieder ein einsatzfähiges Militär zu machen, das Europa verteidigen kann.

30.12.2021, 19:37 UHR

VOR 20 JAHREN HABE ICH MICH AUF DEN EURO GEFREUT, DAS IST LANGE HER …

Zum Jubiläum lässt sich keine gute Bilanz ziehen. Die gemeinsame Währung sollte die Länder Europas näher zusammenbringen, doch sie hat wahrscheinlich genau das Gegenteil erreicht.

Ich erinnere mich noch genau. Es war am 1. Januar 2002, 9 Uhr. Wir gingen zum Geldautomaten. Wir gaben unsere Geheimnummer ein und tatsächlich: Da war keine D-Mark mehr drin, da kam der Euro raus.

Eine phantastische Leistung! Über Nacht gab es eine vollkommen neue Währung. Für die Bürger der ehemaligen DDR war es schon das zweite neue Geld in zwölf Jahren. Für mich war es die erste Umstellung in meinem ganzen Leben.

Ich habe die D-Mark sofort vermisst, besonders den blauen Zehnmarkschein, die 50-Pfennig-Stücke und den Groschen. Die neuen Münzen sahen gut aus, aber die Bezeichnung gefiel mir nicht. Warum den schönen Pfennig in den Cent tauschen? Und »Euro« klang albern in meinen Ohren, so, als würden die Amerikaner ihren Dollar »Ami« nennen.

Und doch gefiel mir die Idee, die hinter der gemeinsamen Währung steckte. Der damalige Bundeskanzler Helmut Kohl (CDU) hatte mit Leidenschaft dafür geworben. Die Gemeinschaft der europäischen Staaten würde auf diese Weise stärker zusammenwachsen, das würde wirtschaftlich allen zu Gute kommen und den Frieden sichern.

Ich glaubte den Worten. Dass es eine Gemeinschaft sehr ungleicher Volkswirtschaften war, die da mit einer Währung verbunden wurden, nahm ich hin. Das Risiko für Deutschland, die Schulden anderer Euro-Länder tragen zu müssen, war ja im Vertrag von Maastricht ausgeschlossen worden. Ich sehe es noch vor mir, wie uns die regierende CDU im Wahlkampf 1998 auf Plakaten versprach, dass Deutschland niemals für die anderen Euro-Länder aufkommen müsse, nicht mit einem Cent.

Es kam anders. 2010, als Griechenland pleite ging, wurde die Regeln gebrochen und seitdem nicht mehr eingehalten. Rettungsschirme wurden aufgespannt, die am Ende Deutschland halten muss. Die Europäische Zentralbank kaufte die Staatsanleihen der Pleiteländer auf und senkte die Zinsen auf Null. Den Sparern ging das Geld verloren.

Die FDP, damals in der Regierung, hätte es über diese Entwicklung fast zerrissen. Die AfD wurde gegründet, als Reaktion auf den Umgang der Regierung mit dem Steuergeld.

Für die deutsche Volkswirtschaft brachte der Euro enorme Vorteile. Der Export funktionierte besser, der Arbeitsmarkt erholte sich, die Steuereinnahmen stiegen von Jahr zu Jahr. Aber in Südeuropa war es umgekehrt. Hier brach die Wirtschaft ein und die Arbeitslosigkeit stieg vor allem unter jungen Menschen in ungeahnte Höhen.

Brachte der Euro Europa näher zusammen? Das kann ich nicht erkennen. Im Gegenteil: Der Euro brachte Europa weiter auseinander. Die Südländer empfinden es als ungerecht, dass Deutschland profitierte und bei uns gibt es ein Unbehagen über die Schuldenlast.

Das Gegenbeispiel übrigens ist Dänemark. Hier wurde der Euro per Volksabstimmung abgelehnt, das Land steht uns deshalb nicht weniger nah.

Heute, 20 Jahre später, erscheint mir die gemeinsame Währung nur noch als Fehlkonstruktion, die genau dem gefährlich werden könnte, was eigentlich erreicht werden sollte, nämlich Europa zu einen. Nein, freuen kann ich mich über den Euro nicht mehr.

23.05.2024, 17:31 UHR

DAS GRUNDGESETZ MUSS AUCH GEGEN DIE REGIERUNG VERTEIDIGT WERDEN

Von Gunnar Schupelius

Unsere Verfassung garantiert nicht nur die demokratische Mitbestimmung, sondern das Recht jedes einzelnen Menschen, vor allem gegenüber dem Staat.

Vor 75 Jahren trat das Grundgesetz in Kraft. Bundesregierung und Bundestag laden deshalb drei Tage lang zu einem »großen Demokratiefest« ins Regierungsviertel ein.

»Unser Grundgesetz hat 75 Jahre Freiheit, Frieden und Demokratie in Deutschland ermöglicht«, heißt es in der Einladung. Das sei eine »Erfolgsgeschichte«, aber »keine Selbstverständlichkeit«.

Stimmt beides: Nie zuvor in der Geschichte konnten Menschen in Deutschland so frei und sicher leben wie seit 1949 im Westen und seit 1990 im ganzen Land. Freiheit und Recht müssen immer neu verteidigt werden, das stimmt auch, denn sie haben viele Feinde.

Die Bundesregierung sieht die Feinde der Demokratie vor allem am äußeren rechten Rand des politischen Spektrums. Das ist eine sehr einseitige Deutung. Denn Freiheit und Recht müssen nicht nur gegen die Rechtsradikalen verteidigt werden, sondern insgesamt an fünf Fronten, die ich hier nennen möchte.

Erstens: Tatsächlich sammeln sich rechts außen Feinde der Demokratie, zum Beispiel bei den Reichsbürgern, die die Bundesrepublik als Staat nicht anerkennen wollen. Sie werden immer mehr, das ist ein großes Problem.

Zweitens: Seit den späten 1960er-Jahren wird der Staat auch von ganz links infrage gestellt oder sogar mit Gewalt bekämpft.

Die radikalisierte Studentenbewegung wollte einen neuen Sozialismus, die »Rote Armee Fraktion« (RAF) wollte diesen Sozialismus mit Mord und Totschlag herbeiführen. Hausbesetzer, Atomkraftgegner und viele andere kämpften ebenfalls gegen den demokratischen Staat.

Drittens: Der wachsende radikale Islam erkennt wesentliche Artikel des Grundgesetzes nicht an, nicht die Meinungs- und Religionsfreiheit, nicht die gleichen Rechte der Geschlechter, um nur Beispiele zu nennen. Immer mehr Islamisten, die in Deutschland leben, wollen den Staat vernichten und durch ein Kalifat ersetzen.

Viertens: Der Lockdown hat gezeigt, dass auch die Regierung zur Gefahr für das Grundgesetz werden kann, wenn sie leichtfertig Grundrechte außer Kraft setzt, so wie es in den Jahren 2020 und 2021 geschah. Die Bundesinnenministerin und der Präsident des Bundesverfassungsschutzes wollen die Meinungsfreiheit unterhalb der Strafgrenze einschränken, das ist eine Gefahr für Grundgesetz Artikel 5.

Fünftens: Auch die Gesetzgebung der EU ist eine Gefahr für unsere Demokratie: Rund 70 Prozent unserer Gesetze stammen aus EU-Richtlinien und nicht vom Deutschen Bundestag, der sie als Erfüllungsgehilfe automatisch übernimmt. Das ist nicht im Sinne des Grundgesetzes, das einzig und allein die Bürger, also das Volk, als höchste Instanz der Gesetzgebung kennt.

Das Grundgesetz muss also auch gegen die EU-Kommission verteidigt werden und gegebenenfalls gegen die Bundesregierung, wenn sie Grundrechte und demokratische Verfahren einschränken.

Das Grundgesetz garantiert nicht nur die demokratische Mitbestimmung, sondern das Recht jedes einzelnen Bürgers, vor allem gegenüber dem Staat.

UND TROTZDEM: ES LEBE BERLIN

Fast mein ganzes Leben habe ich in Berlin verbracht. Mein gesamtes Berufsleben drehte sich um diese Stadt. Wenn ich heute sagen sollte, welche Rolle Berlin in den letzten 57 Jahren für Deutschland gespielt hat, dann wäre es das: Berlin war der Anfang. Berlin war der Anfang einer Entwicklung hin zu einer Vorherrschaft kleiner entschiedener, teils radikaler Gruppen, die heute das Handeln der Bundesregierung bestimmen. Nirgends – mit Ausnahme vielleicht von Frankfurt am Main – war die radikale Studentenbewegung in Form des Sozialistischen Deutschen Studentenbundes (SDS) so radikal und so wirksam wie in Berlin. Nirgends sammelten sich so viele Maoisten, die dem chinesischen Diktator nacheiferten, den »Langen Marsch durch die Institutionen« planten und erfolgreich absolvierten, bis sie die Schlüsselpositionen in den Schulen, den Universitäten, den Kirchen, der Justiz und der Regierung besetzt hatten. Nirgends nahm die linke Terrorbewegung so schnell und effektiv ihren Anfang, wie in Berlin mit der »Bewegung 2. Juni«, die später in die »Rote Armee Fraktion« überging. Nirgends wurde das Bürgertum so schnell verdrängt wie in Berlin-West, einer Stadt, die zum Mekka der Wehrdienstverweigerer, Hausbesetzer und Atomkraftgegner wurde, der Marxisten, Stalinisten und Sozialisten aller Couleur. Nach der Wende kam dann der von der SED beherrschte Ostteil der Stadt hinzu.

Vergeblich propagierte Bundeskanzler Helmut Kohl (CDU) in den 1980er Jahren die »geistig moralische Wende«, also die

Überwindung der sozialistischen Indoktrination, vergeblich tat es ihm Berlins Regierender Bürgermeister Eberhard Diepgen (CDU) nach. Sie alle hatten keine Chance gegen eine Meinungsfront, die sich von Generation zu Generation erneuerte bis hin zur heutigen Klimabewegung, die abermals marxistisch inspiriert ist.

Und doch ist das eben nicht alles. Berlin war und ist immer auch die Stadt der Freiheit. Nirgends werden Meinungskämpfe so offen ausgetragen, nirgends das ganz Andere so gelassen toleriert. Keine andere Stadt Deutschlands kann so viele Widersprüche aushalten, so viele unterschiedliche Lebensweisen zulassen. Berlin kann das: radikal sein und freilassend zugleich, schmutzig und rau und dennoch voller Leben und Lebensfreude. Berlin ist nicht Deutschland, aber doch das Herz des Landes. Es schlägt und gibt den Takt vor, es gerät aus dem Tritt, es macht sein eigen Ding, es bedarf der Korrektur von außen. Und manchmal dreht es frei. Diese wunderbare, lebendige und ja, freie Stadt wird immer wieder zum Nährboden von Gruppen, die aus welchen Motiven auch immer, gar keine Freiheit wollen. Ich bin im Westen Berlins geboren und gehörte vor 40 Jahren dazu, ich weiß, wovon ich spreche.

Viel Zeit ist vergangen, der größere Teil meiner Kinder ist nun erwachsen. Alle leben sie in Berlin, ich bin Großvater. Nun bin ich es, der wie damals meine Eltern erzählen kann: Von Irrungen, Erkenntnissen, Überraschungen und Enttäuschungen, von ungewöhnlichen Orten und noch ungewöhnlicheren Menschen in dieser Stadt, um die sich mein Leben dreht. Meinen Enkeln wünsche ich, dass sie in Berlin nicht nur leben, sondern dass sie diese Stadt mitgestalten, dass sie sich einbringen. Das ist das Wichtigste. Denn die besten Regeln und Verordnungen, die sorgfältigsten Vorgaben können eines nie ersetzen: Die Verantwortung des Einzelnen. Verantwortung braucht Freiheit und Freiheit braucht Verantwortung, das ist, so einfach und banal es klingt, der Kern des Ganzen. Wo Menschen keine Verantwortung mehr übernehmen, entsteht Raum für Unrecht. Und wo Menschen die Freiheit beschränken, wird vielleicht Schlechtes verhindert, aber auch viel Gutes erstickt. Darum braucht Berlin Menschen, die sich jeden Tag wieder an die Front begeben, die sich positionieren, die den Schlagabtausch nicht scheuen, die Gegenwind aushalten. Deshalb begann ich vor 19 Jahren, meine Kolumne in der großen alten Berliner Tageszeitung B.Z. zu schreiben, eine Kolumne, die sich im Unterton immer gegen eine Beschränkung der Freiheit wehrt. Recht haben will ich nicht. Im Gespräch bleiben, das will ich. Aus Berlin ist viel Schlechtes gekommen und viel Gutes, aus Berlin kann man lernen. Darum: Es lebe Berlin!

ENDE

DANKSAGUNG

Die Idee für dieses Buch danke ich meinem Freund Michael Bob, dessen Unternehmergeist und unerschütterliche Menschenfreundlichkeit für Berlin unverzichtbar und für mich ein Vorbild sind.

Ich danke meiner Familie, meiner Ehefrau Magdalena und meinen Kindern Sophia, Dorothea, Heinrich, Philipp und Georg. Danke für euren Zu- und Widerspruch, für euren Mut und eure Ideen, danke für eure Liebe.

Gewidmet ist dieses Buch den jüngsten Berlinern der Familie, meinen Enkeln, Jonathan und Lioba.

Mögen sie immer in Freiheit leben.

Gunnar Schupelius
Berlin, im August 2024